이미지로 글쓰기

이미지로 글쓰기

이주은 지음

자유의길
Media Contents Group

이럴 땐 요렇게,
글쓰기의 항해를 시작한 당신에게

제 전공인 미술사는, 단순히 설명하면, 이미지를 대상으로 글을 쓰는 학문입니다. 이미지를 보고나서 무언가를 떠올리고, 그것을 가지고 논의하기 위해서는 언어작업이 필요해요. 언어 아닌 것으로 표현된 대상을 접하지만 그에 대한 생각들은 언어로 풀어내야 하는 겁니다. 공부는, 특히 미술사를 비롯한 인문학 공부는, 결국엔 글쓰기로 수렴돼요. 글을 통해 동의나 공감을 확보하지 못하면 혼자만의 생각은 아무리 기발할 지라도 사라지기 쉬우니까요.

공부를 마치고 저는 미술관 큐레이터로 일했는데, 그곳에서도 글쓰기는 피할 수 없었습니다. 학자 뿐 아니라 기획자도 끊임없이 글을 써야 했어요. 아이디어를 진행시키면서 글을 쓰고 고치고 또 쓰고 다듬고를 반복하는 게 기획자의 본질이니까요.

지난 20년간 저는 쉬지 않고 글을 썼습니다. 어릴 때 백일장에서

상 타봤다는 알량한 글재주 하나 믿고 무작정 달려들어 책도 몇 권 펴냈어요. 《그림에, 마음을 놓다》가 항간에 알려지면서부터는 '작가님'으로 불리며 원고 청탁이 겹겹이 들어왔습니다. 글을 먼저 써 본 주변 분들이 물 들어올 때 배 띄워야 한다, 작가의 길에 왕도는 없고 자꾸 써야 단련된다, 하시더군요. 일간지, 미술잡지, 전시도록, 기업의 사보, 인터넷서점 연재, 그리고 학술저널까지 모두 소화해냈습니다. 그러다보니 먼 여행 중에도 공항과 호텔에서 노트북을 펼친 때가 한두 번이 아니었죠.

한 글 마치면 또 다른 글 시작하고, 그렇게 끙끙대다 보니 어느덧 세월이 훌쩍 지나있습니다. 이상한 것은 새하얀 빈 화면 앞에 앉아 있노라면, 그렇게 자주 써왔음에도 불구하고, 여전히 아득한 기분이 든다는 거예요. 몇 주 내내 원고에 전혀 손을 대지 못한 채, 다른 일을 해도 찜찜한 기분으로 지내다가, 마감이 닥치면 머리와 손가락이 괴력을 발휘하여 정해진 분량을 채워대곤 하는데요. 수시로 마감의 기적에 글의 운명을 걸어왔던 상황을 돌이켜 보니, '그동안 내가 참 겁도 없었구나' 싶네요. 글쓰기는 제 일상이지만, 정말이지 단 한 번도 만만한 일상이었던 적은 없습니다.

《이미지로 글쓰기》는 미술작품을 글로 설명해야 하는 실무자에서부터 개인미디어 운영자에 이르기까지 이미지와 글을 자유로이 넘나들며 소통하고 싶은 분들을 위해 만들었습니다. 이 책은 이미지를 찾아나서는 0단계부터 출발하여, 관찰하고 연상한 후, 짜임새 있게 구성해서 전달력 있게 표현하기까지 4단계의 과정으로 이루어져 있어요. 실생활에 직접적인 도움을 드릴 수 있도록 일상의 어휘를

택하여 쉽게 설명했습니다. 저의 실제 경험을 바탕으로 접근하였고, 제가 쓴 관람 후기들을 예시로 들었어요.

누구나 이미지를 제작하고 활용하는 오늘날, 미술은 현실의 삶과 동떨어진 분야가 아닙니다. 미술은 '이미지 언어영역' 학습이라고 할 수 있어요. 말과 글을 익히고 나면 자신에게 맞는 책을 탐독할 수 있듯, 이미지 언어에 익숙해지고 나면 본인이 선호하는 이미지를 스스로 선택하며 즐길 수 있게 돼요. 이 책의 안내를 따라 이미지 공부의 기초를 다지고 글쓰기의 기본원칙을 익혀두세요. 새하얀 망망대해에서 글의 항해를 하려면 적어도 나침반 하나는 있어야 하지 않을까요.

《이미지로 글쓰기》는 나침반을 손에 쥔 것과 같아서 길을 헤매지 않도록 도와줄 겁니다. 글을 쓰는 동안 본인이 어느 위치에 도달했는지 안다면 이미지의 세계를 종횡무진 넘나들어도 방향을 놓치는 일없이 자신 있게 전진할 수 있겠지요. 자, 준비되셨나요? 이제 항해를 시작해 볼까요?

2021년 겨울
저자 이주은

＊저자는 2019년에 건국대학교 학술연구비에 선정되어 이 책을 위한 연구지원을 받았습니다.

Contents

I

어떤 이미지를 선택하면 좋을까?

Look
관찰

II 이미지에서 무엇을 떠올릴 수 있을까?

Associate
연상

III 어떤 방식으로 글을 구성할까?

Design
구성

Ⅳ　전달력 있는 표현을 하고 싶다면?

Communicate
전달

I

어떤 이미지를 선택하면 좋을까?

Look
관찰

1

이미지가 있는 곳
찾아다니기

미술관 방문

미술관에 가서 작품을 감상할 때에는 오디오가이드를 빌리거나, 아니면 도슨트(해설사)의 설명 시간에 맞추어 따라다니며 어떤 식으로 해설하는지 잘 들어보세요. 전시 안내를 위해 따로 훈련받은 교육 봉사자를 도슨트라고 부릅니다. 도슨트는 본래 '가르친다'는 의미의 라틴어 'docere'에서 나온 말이에요. 그래서인지 전 세계 미술관에서 자원봉사 안내자로 일하는 분들 중에는 은퇴하신 학교 선생님들이 많습니다. 1906년에 미국 보스턴미술관에서 처음으로 도슨트라는 용어를 쓰면서 '지식을 갖춘 안내인'으로서 규정했는데요. 이때부터 본격적으로 도슨트 활동이 시작되었다고 하지요.

누가 보아도 희귀하고 뛰어난 가치를 지닌 것이라면, 특별히 설명할 필요가 없을지도 모릅니다. 작품 자체를 직접 눈으로 보기만 해도 그 위대함이 어디서 나오는지 발견할 수 있을 테니까요. 하지만 작품들 중에는 어떤 특별한 이유로 유행하기도 하고, 시간 속에서 새로운 의미가 덧붙게 되는 것도 있습니다. 이런 경우에는 왜 눈여겨 볼 가치가 있는지 설명을 들어야 하지요.

미술관에서의 활동은 사회교육 또는 평생교육이라고 불러요. 학교에서 자주 접할 수 없는 내용들을 만나고, 보다 직접적으로 경험하는 학습 환경에서 배우므로, 학교교육을 보완하는 교육이랍니다. 오늘날에는 인터넷에서도 얼마든지 미술품을 볼 수 있지만, 직접 작품 앞에 서서 보는 감상과는 차이가 있습니다. 인터넷에서는 이미지가 캔버스나 액자, 물질과 같은 지지체가 없이 전달되기 때문에, 마치 정보처럼 다가오는 경향이 있어요. 하지만 직접 가서 보면 사람이 만든 흔적을 느낄 수가 있지요.

오늘날에는 미술전시를 감상하는 방식이 조금 변화했어요. 무언가를 가르치는 방식보다는 작품을 이야기 속에서 이해하는 능력을 키우는 쪽으로 말입니다. 이러한 추세에 따라 도슨트의 설명도 두 종류로 제공되기도 합니다. 하나는 미술작품을 미술이라는 영역과 미술사의 흐름이라는 전문지식 속에서 공부하는 것이고, 다른 하나는 미술작품을 이루고 있는 소재나 그 주변의 주제를 찾아 이야기를 만들어 감상하는 방식이에요. 두 번째 방식은 스토리텔링이 중심이 되는 전시 감상 방식입니다. 똑같은 작품들일지라도 미술관에서 어떤 주제로 전시를 기획하느냐에 따라 전혀 다른 각도에서 바라볼 수 있어요.

미술작품은 삶을 살아가는 인간이 만든 것입니다. 삶이란 하나의 단어, 하나의 문장으로 단순화시켜 말할 수 없는 아주 복잡하고 복합적인 것입니다. 그렇기 때문에 미술작품을 감상하는 방식 또한 입체적인 것이 좋겠어요. 어떤 하나의 정답으로 유도하기보다는, 보는 방향에 따라 다양한 상상력을 불러일으킬 수 있는 전시가 더 바람직하다 할 수 있어요. 물론 감상에 있어 하나의 표준을 제시하는 것은 나쁘지 않습니다. 하지만 모두가 똑같은 의견을 가지게 할 목적으로 교육을 해서는 안 됩니다. 예술 분야는 특히 더 그래요.

공감을 자아낼 수는 있지만, 저마다 다른 방식으로 공감을 얻어내야 하지요. '만장일치'에 도달하는 것이 미술교육의 목표가 될 수는 없습니다.

예전에는 미술관에 온 사람들이 소장품에 대한 지식을 명확하게 얻어 갈 수 있도록, 집중을 강조하는 전달 방식을 중시했어요. 그래서 전시를 보는 방향인 동선動線도 산만하지 않게 짜여 있었답니다. 하지만 오늘날에는 미술품을 바라보는 다양한 시선들이 서로 엮어져서 '열린' 의미를 드러낼 수 있도록 전시를 디자인해요. 요즘 전시장에 가면 방향을 잃어버리기도 하고, 느닷없이 뚫린 벽을 만나게 되기도 합니다. 얼마든지 다른 생각이 개입할 수 있도록 공간이 구

도슨트가 여러분에게 미술품을 안내할 때에도 보통 다음의 다섯 단계에서 접근하게 됩니다. 전문가가 아니라면 대부분 ❸단계까지 감상하게 되지요

❶ 감상하는 사람의 경험에 비추어 바라보기

❷ 색, 촉감, 선, 대칭, 방향감, 무게 등 외형적 요소를 중심으로 살펴보기

❸ 이미지의 의미를 생각해 보고, 은유하는 바가 무엇인지 해석하기

❹ 전시를 기획한 측의 의도와 주제에 따라 생각해 보기

❺ 역사적, 사회문화적, 경제적, 기술적인 맥락에서 작품을 보기

획되어 있는 것이지요. 심지어 그림 옆에 설명조차 붙여놓지 않거나 아예 전시 설명글이 없는 곳도 종종 있어요. 사람들이 특정 단어에 집착해서 그림을 볼까봐 그러는 거예요.

그림을 감상할 때에는 설명을 읽기 전에 그림을 먼저 쳐다보세요. 그림을 본 다음에 제목이나 해설을 읽고, 다시 그림을 보는 순서가 좋습니다. 그림만 물끄러미 바라보면, 처음에는 아무 것도 읽히지 않아서 마음이 답답해질 수도 있어요. 그건 우리가 글자를 읽듯이 그림을 대하기 때문이랍니다. 점차 이미지 표현방식에 익숙해지면, 이미지가 차차 모습을 더 많이 드러내게 될 거예요.

공공조형물

건물 앞이나 광장처럼 눈에 잘 띄고 사람들이 모여드는 장소에서는 거의 언제나 조형물을 만날 수 있습니다. 예를 들어 광화문 광장에는 이순신 장군의 동상이 세워져 있는데요. 이런 동상이 바로 누구나 감상할 수 있는 거리 조형물에 속하지요. 그러나 공공의 장소에 놓여 있다고 해서 무조건 공공미술이 되는 것은 아니랍니다. 어떻게 해야 하나의 작품이 진정한 공공미술로 인정받을 수 있는지 그 조건을 알아볼까요?

과거에는 공공조각품으로 왕이나 황제의 동상이 많이 세워졌어요. 군주의 동상은 위대한 영웅처럼 만들었기 때문에 시민들은 그 모습을 보면서 저렇게 대단한 분이 최고 높은 자리를 차지하는 것이 당연하다고 생각했어요. 왕의 동상은 시민들이 보면서 즐길 수 있는 조형물이라기보다는 지배자의 힘을 정당화하는 역할을 했습니다. 그래서 혁명이 일어나 왕이 권좌에서 끌어내려지는 상황에 처하게 되면, 궁전 앞에 세워둔 왕의 동상도 왕과 똑같이 높은 받침대에서 끌어내려지고 처참하게 부수어지는 운명을 겪었지요.

오늘날에는 숭배보다는 교훈을 줄 목적으로 위대한 역사적 사건이나 위인을 기념하는 공공조각을 만들어요. 우리나라에서도 1960년대 이래로 한국인으로서의 자부심과 애국심을 고양하기 위해 곳곳에 이순신 장군 동상 같은 위인 동상을 세웠습니다. 그러나 국민 모두에게 교훈을 주는 위인을 선정하는 것은 민감한 문제여서 예술가가 마음대로 결정할 수 있는 일이 아니에요. 왜냐면 공공조형물은 보통 100년을 예상하고 만들지만, 사람은 그보다 훨씬 짧은 기간 동안에도 몇 번이나 평가가 바뀔 수 있기 때문이랍니다. 시간과 공간을 초월해서 모든 부류의 사람에게 존경받을 수 있는 영웅은 지극히 드물다는 얘기죠.

현대에 와서 인간의 이미지는 더욱 논쟁거리가 되고 있어요. 왜냐하면 인물상은 그것이 이미지에 불과할 지라도 숭배되는 경향이 있거든요. 특정인물로 대표되는 단일 가치만을 공적 장소에 제시하는

인물상을 볼 때 알아두면 좋아요

❶ 일반적으로 이상적인 인간의 이미지는 건강하고 젊으며 조화로운 비례를 가지고 있다.

❷ 육체적인 아름다움에 대한 기준과 개념은 문화에 따라 큰 차이가 있다.

❸ 현대의 왜곡된 인체표현은 개인의 혼란스런 심정이나 사회 반항의식을 보여주곤 한다.

것은, 본래 제작된 의도와는 상관없이 결과적으로 다양한 양상들을 배척하는 셈이 되니까요. 오늘날 인간이미지는 민족, 인종, 젠더 등 복잡한 이데올로기가 다뤄지는 치열한 싸움터가 되었습니다.

조너선 보로프스키, 〈망치질하는 사람〉, 높이 22m, 철에 전기모터, 서울 광화문 흥국생명빌딩 앞

이러한 이유로 공공조형물의 주인공도 점차 위인보다는 그저 우리와 비슷한 일상을 살아가는 평범한 사람으로 바뀌기 시작했어요.

〈망치질하는 사람〉을 본 적 있나요? 이 사람은 이순신 장군 동상처럼 높은 받침대 위에 올라가 있지 않고, 그냥 보도에 서 있어요. 명성이 대단한 위인이 아니라 누구인지 이름도 기억할 수 없는 근로자이지요. 하지만 훌륭한 사람임에 틀림없습니다. 고된 망치질을 하면서 하루하루 자신의 삶을 열심히 다져가고 있으니까요.

맨 처음 이 조형물이 세워졌을 때 거리를 지나가던 사람들은 머리 위에서 덩치 큰 시커먼 거인이 망치를 들었다 놓았다 하는 모습을 보고 위협적이라고 느꼈어요. 그래서 이 작품은 한때 길거리 쪽이 아닌 건물 쪽으로 한 걸음 옮겨졌답니다. 그러나 차츰 사람들의 마음이 움직이기 시작했어요. 이 거인이 성실하고 정직하게 살아가는, 자기 옆자리 동료 같다는 생각이 들었거든요. 시민의 사랑을 받게 되면서 이 거인은 다시 거리 쪽에 놓이게 돼요. 눈이 오는 어느 겨울날, 마냥 눈을 맞고 서 있는 거인을 보고 누군가 빨간 털모자를 씌워주자고 제안하기도 했대요. 그래서 해마다 겨울이면 털모자를 쓴 거인 친구를 만날 수 있답니다.

이처럼 공공미술에서 중요한 점 하나는 여러 사람과 경험을 나누고 마음이 통할 수 있는 작품이어야 한다는 것이지요. 그렇지 못한 작품은 아무리 예술적인 가치가 뛰어날 지라도 공공조형물로서는 적합하지 않아요. 한 예를 들자면, 1981년에 미국의 뉴욕에서는 정부센터가 있는 분수광장에 〈기울어진 호〉라는 철로 만든 가림 막 같은 작품을 설치한 적 있었어요. 이것을 세운 예술가, 리처드 세라^{Richard Serra, b.1939}는 사람들이 긴 작품을 따라 여유롭게 걸으면서 생생하게 작품의 존재를 느끼기를 바랐지요. 하지만 문제가 생겼어요. 건물 안에서 일하는 공무원들은 입구 쪽 진입로를 막고 있는 작품 때문에 빙 돌아 다녀야 했거든요. 통행에 방해를 받는 것뿐만이 아니었어요. 열린 광장을 가로지르며 놓인 철의 장막 같은 작품으로 인해 정부와 시민 간의 대화도 철저히 막혀있다는 인상을 풍기기 시작했습니다. 결국 시끄러운 논의 끝에 이 작품은 광장에서 치워지고 말았답니다.

물론 공공조형물로 인해 평범하던 곳이 아주 특별한 장소로 새롭게 태어난 사례도 있어요. 안토니 곰리^{Antony Gormley, b.1950}가 만든 〈북방의 천사^{Angel of the North}〉라는 작품입니다. 과거에 탄광촌이던 영국의 게이츠헤드는 한때 아주 낙후된 지역이었지요. 지금으로부터 20여 년 전에 이곳 석탄이 채굴되던 언덕 위로 커다란 조형물이 놓였어요. 그것은 양 팔을 벌려 비행기 같은 포즈로 거대한 날개를 편 사람의 모습이었는데, 평생 어두운 땅속을 파서 생활해 왔던 마을 사람

안토니 곰리, 〈북방의 천사〉, 1998, 스틸, 높이 20m, 날개길이 54m, 게이츠헤드, 영국

들에게 마치 하늘을 날아오르는 것 같은 기쁨을 주었습니다. 맨 처음엔 쓸데없는 조형물을 세울 돈이 있으면 차라리 병원과 복지시설을 세우자며 반대했던 사람들이었어요.

이 〈북방의 천사〉는 게이츠헤드에 꿈과 희망을 주려고 내려온 진짜 천사였던 모양입니다. 관광객이 서서히 모여들기 시작하더니 어느덧 그 숫자가 매년 15만 명에 이르게 되었고, 마침내 게이츠헤드는 예술 도시로 다시 태어나게 되었거든요. 이곳에서 수많은 예술행사

공공조형물에 대한 글을 쓸 때 체크리스트

❶ 누구나 좋아하고, 모두가 이해하기 쉬운 주제의 작품인가? ☐

❷ 공익의 목적과 예술성을 동시에 만족시키고 있는가? ☐

❸ 작품이 그것이 놓일 장소의 역사적 의미와 어우러지는가? ☐

❹ 관람자의 현실 상황에 적합한가? ☐

가 열리고 있고, 덕분에 폐광이후 직장이 없던 탄광부 가족들은 새로운 일자리를 찾게 되어 삶이 덩달아 즐거워졌답니다. 공공미술이 시민의 삶까지 바꾸어 놓은 셈이지요.

도시 거닐기

서울이라는 큰 도시를 한눈에 내려다보려면 어떻게 해야 할까요? 남산타워 꼭대기에 올라가는 것도 좋은 방법이겠지요. 요즘엔 인터넷의 위성 지도를 통해 자기 방에서도 서울의 구석구석 골목까지 들여다 볼 수도 있습니다. 산과 강과 들을 '자연풍경'이라고 한다면, 거리와 건물 그리고 사람들은 '도시풍경'이라고 구분할 수 있죠.

농어촌이나 산촌은 자연이 삶의 터전이겠지만, 상업이 발달한 도시는 사람들이 모여 있는 시장골목이 삶의 터전이랍니다. 그래서 도시풍경에서 가장 많이 볼 수 있는 광경은 와글거리는 시장에서 구경하거나 흥정하는 사람들의 모습이에요.

다음 그림은 조선시대 도시 생활의 하루를 보여줍니다. 자세히 보면 가마를 탄 사람도 지나가고, 그 위로 간단한 먹거리를 파는 주점도 보입니다. 그림 아래쪽에는 원숭이 두 마리가 높은 장대 위에 올

작가미상, 〈태평성시도〉(부분), 조선 18세기, 비단에 색, 8폭, 각 113.6 x 49.1cm
출처: 국립중앙박물관, 〈미술 속 도시, 도시 속 미술〉展 도록, 2016

라가 곡예를 부리고 있고, 사람들이 빙 둘러 그걸 구경하고 있지요.
이렇게 평화로운 도시의 장면들은 사람들이 꿈꾸는 태평성대太平聖代:
어진 임금이 잘 다스리어 평화로운 시대의 모습이었어요. '한양이여, 영원하라'와
같은 의미가 담겨있는 그림이라고 볼 수 있습니다.

　세월이 지나면 변하지 않는 게 없다지만, 특히 도시란 아침과 저녁
이 다른 곳이라고 할 만큼 변화가 극심한 곳이랍니다. 하루하루 살
기 편리해지고 새로워져서 좋지만, 한편으로는 그리운 옛 추억의 모
습들이 금세 사라져버려서 슬프기도 해요. 도시에서는 늘 무언가 무
너지고 부서지고 또 새로 지어지고를 반복합니다. 그 바람에 한 장

소에 대한 추억이 오래도록 쌓여가지를 못하는 것도 같아요.

서울의 옛 모습을 기억하는 어르신들은 서울에 상전벽해桑田碧海가 일어났다고 하십니다. 뽕나무 밭이던 곳이 바다가 되었다고 하니, 완전히 몰라볼 만큼 크게 달라졌다는 것을 뜻하지요. 예를 들자면, 지금은 아파트로 꽉 채워진 압구정동은 40년 전에는 배꽃이 흐드러지게 피어 있었던 과수원이었대요. 상상하기 어렵지요? 만일 커다란 배꽃 나무 아래에서 어른이 되면 꼭 다시 만나자고 약속한 그 동네 어린 친구들이 있었다고 생각해 보세요. 40년이 지난 지금은 안타깝게도 그 나무가 어디 있었는지조차 찾을 수 없을 거예요.

권인경의 그림은 아래에서 올려다 본 동네길 같아요. 하늘이 보이고 산동네와 달도 보이니까요. 그런데 자세히 보니 아래에서 쳐다본 모습만 있는 게 아니군요. 이쪽저쪽 여러 방향에서 본 모습들을 한자리에 합쳐 놓았어요. 풍경을 정확하게 그렸다기보다는 내 눈에 비치고, 내 마음에 느껴지는 그 상태 그대로의 동네를 담았다고 할 수 있습니다. 한지를 오려 붙인 덕에 오래 전부터 대대로 이어져 내려온 땅이라는 기분이 드는군요. 아무리 도시가 수많은 변화를 겪어 모습이 완전히 달라졌다 할지라도, 여전히 하늘 아래 마을이 있고 사람들이 살고 있습니다. 예전에도 그랬고, 앞으로도 그럴 거예요.

다음은 도시의 거리를 걸어 다니는 사람들을 그려 유명해진 영국의 현대화가 줄리안 오피Julian Opie, b.1958의 그림이에요. 오피는 서울 사당동 거리를 거닐며 사람들을 관찰하고 그 인상을 화면에 담기도

권인경, 〈정감화된 공간〉, 2010, 한지에 고서 콜라주, 수묵채색, 130 x 162cm

줄리안 오피, 〈빗속의 사당동 걷기 Walking in Sadangdong in the Rain〉, 2014,
Vinyl on wooden stretcher, 230 x 344cm
출처: 수원시립아이파크미술관, 《줄리안 오피》展 도록, 2017

했어요. 그가 본 서울의 거리는 아주 활기가 넘쳐 보입니다. 어느 기분 좋게 비오는 날의 도시거리라는 것을 느낄 수 있어요. 비오는 날이라고 하면 스산하고 울적할 수도 있는데, 화가가 바탕색을 따스한 분홍으로 골라 쓴 덕분에 전혀 그런 기분이 들지 않습니다. 사람들의 구두와 운동화가 가장 먼저 눈에 띄고, 위로는 우산들이 보입니다. 어떤 사람은 이어폰으로 음악을 듣고, 어떤 사람은 휴대폰으로 대화를 하고 있어요. 이들은 사람들 속에 있으면서도 각자 자기만의 세계 속에서 걷고 있지요. 서로 마주친 줄 아는지 모르는지, 사람들이 겹겹이 스쳐지나갑니다.

모두가 서로 알고 지내지는 않지만, 당신은 결코 혼자 걷고 있지 않답니다. 방탄소년단의 2017년 앨범 제목 〈당신은 혼자 걷고 있지 않아요You never walk alone〉가 떠오르는걸요. 혼자이면서 함께 있는 기분, 이것이 바로 도시의 거리를 걷는 매력이 아닐까요.

개인적인 공간

친구를 카페에서 만나면 그 친구가 다 차려입고 나온 모습만을 보게 되지요. 평소에는 어떻게 사는지, 특별하지 않고 일상적인 모습은 어떤지 슬쩍 궁금하기도 합니다. 특히 창의적인 활동을 하는 친구라면 아이디어를 짜내느라 여기저기 낙서와 밑그림이 붙어있을 것이고, 온갖 잡동사니 물건들이 널려 있을 거예요. 토드 셸비Todd Selby는 어느 날 다양한 직업을 가진 친구들의 개인적인 공간을 방문해 보기로 마음먹었어요. 셸비는 미국 캘리포니아 출생으로 골목마다 여기저기 돌아다니며 다양한 사람들을 만나고 사진 찍는 것을 좋아해요. 그에게는 패션디자이너, 음악가, 모델, 수집가, 작가, 배우 등 문화와 관련된 일을 하는 친구들이 많아요.

셸비는 친구의 방과 작업 공간, 부엌이나 서재 등 그 친구들이 일상을 보내는 공간에 초점을 맞추어 사진을 찍고, 그곳에 숨겨진 이야기를 적어 웹사이트에 소개했습니다. 셸비에게는 남들은 찾지 못

토드 셀비, 〈트로마 본부에 있는 로이드 카우프만〉, 뉴욕시, 2016. 사진, 액자틀에 그림
출처: 대림미술관, 《The Selby House: 즐거운 나의 집》展 도록, 2017

하는 재미있는 표정이나 이야깃거리를 잡아낼 줄 아는 재능이 있는
것 같아요. 그 덕분에 셀비의 웹사이트는 큰 인기를 끌었습니다. 사
진을 전문적으로 배운 적은 없지만, 사진작가로서 또 뛰어난 이야기
꾼으로서 자신만의 예술세계를 가지게 된 셈이죠.

셀비가 찍은 친구들의 작업장을 구경해 볼까요? 위 작품의 주인
공은 트로마 영화사에서 일하는 괴짜 감독, 카우프만L. Kaufman의 모
습이에요. 그는 지금 영화 소품들에 둘러싸인 채, 마치 장난감 가게
에 온 어린이처럼 즐거워하고 있네요. 카우프만은 영화를 제작할 때
주어진 예산, 배우의 연기력, 좋은 대본에 얽매이지 않으려고 애쓴대
요. 그러면 도대체 무엇에 신경 쓰냐고 사람들이 물었어요. 그러자,
카우프만은 '끝을 내는 것'이라고 대답했답니다. 덧붙여 화장실 이용
이 얼마나 편리한가가 영화제작의 핵심이라고 농담처럼 현실적인 이
야기를 주로 해요. 그런 엉뚱한 모습에서 영감을 얻어 셀비는 그의

(위) 토드 셀비, 〈자신의 레스토랑에 있는 에릭 워너〉, 하트우드, 툴룸, 멕시코, 2011, 사진
(아래) 토드 셀비, 〈자신의 농장에 있는 암비카 콘로이〉, 우드리지, 뉴욕, 2013, 사진
출처: 대림미술관, 《The Selby House: 즐거운 나의 집》展 도록, 2017

사진을 이렇게 장난스러운 분위기로 찍었답니다. 사진의 액자틀은 셀비가 직접 그림을 그려 만들었는데, 훗날 카우프만의 영화 속에 등장할지도 모르는 상상 속 괴물 그림으로 꽉 채워져 있지요.

왼쪽(위) 사진의 주인공은 멕시코에서 야외 레스토랑을 운영하는 요리사 워너E. Werner입니다. 이 레스토랑에서 작업이 이루어지는 부엌은 탁 트인 하늘아래 자리하고 있어요. 요리하면서 밤하늘의 별을 볼 수도 있지요. 작업대 위에 놓인 것은 아직 조리되지 않은 음식 재료이고, 워너의 등 뒤로는 장작불이 이글이글 타오르고 있어요. 이 레스토랑은 전기를 사용하지 않고 낮에는 태양빛, 밤에는 달빛과 장작불, 그리고 등잔불로 전기불빛을 대신한대요. 문명화가 덜 된 자연의 생활방식과 음식의 맛을 이곳에서 경험할 수 있답니다.

왼쪽(아래) 사진의 주인공 콘로이A. Conroy 역시 친환경적인 디자인으로 옷을 만드는 사람이에요. 콘로이는 모두 16마리의 털 많은 동물들과 함께 지내요. 앙고라 토끼, 염소, 양인데요. 매년 그 동물들의 털을 깎아서 실을 뽑고 그 실로 모자와 스웨터를 짜는 것이 그녀의 일이거든요. 그리고 천연 재료로 털옷을 염색하여 판매하지요. 지금 사진 속에서 콘로이는 고집스럽게 버티는 양을 끌고 가려는 모습으로 나왔어요.

셸비의 사진을 보면 즐거워져요. 그 이유는 셸비가 무엇이든 호기심을 가지고 친구가 하는 일을 보고, 친구에게 이것저것 말을 건네고, 직접 구석구석을 살펴보면서 숨어있는 이야기를 찾아내기 때문이지요. 셸비의 주인공들은 대부분 자그마한 공간에서 혼자 일하는 시간이 많은 사람들이랍니다. 어쩌면 누군가에겐 매일 반복되는 고달픈 일상인지도 모르지만, 셸비의 카메라 덕분에 그 평범한 일상이 흥미진진하고 매력적인 예술작품으로 탄생했지요. 이렇듯 카메라는 평소에 스치고 지나갈 수 있는 사소한 장면을 '찰칵'하고 셔터를 누름과 동시에 특별하게 바꾸어놓는 능력이 있어요. 그러나 그것 때문에 사진 속 주인공이 오해받을 우려도 있으니 유의해야 해요.

개인적인 공간을 소재로 할 때 발생할 수 있는 윤리적인 문제를 피하려면?

❶ 공간 소유자에게 양해를 구하고 이미지 사용에 대한 허락을 받는다.

❷ 이미지가 누군가의 사생활을 침해하지는 않는지 확인한다.

❸ 사진이 포착한 장면이 전체 상황을 대표할 수 없다는 것을 인식하고 글을 쓴다.

❹ 글 쓰는 목적과 내용이 실제 현실의 상황과 동떨어져 있지 않은지 검토한다.

2

이미지의 종류별
특성 파악하기

입체작품

그림은 평면작품이지만, 조각은 입체작품입니다. 감상하는 방법에도 약간의 차이가 있지요. 권진규1922-1973의 작품을 예로 들면서 설명할게요. 권진규는 박수근이나 이중섭과 마찬가지로, 우리나라가 전쟁을 겪느라 안정된 삶을 꿈꾸기 어렵던 시절에 활동했던 예술가예요. 박수근과 이중섭이 그림에 뛰어났다면, 같은 시기의 권진규는 조각 분야의 거장이라고 할 수 있습니다.

다음 사진의 인물상을 보세요. 이것은 흙을 돌돌 길게 말은 것을 쌓아서 기본 틀을 만들고 그 위에 흙을 덧붙이고 얼굴 모양으로 다듬어 가면서 완성한 것이에요. 손바닥으로 다지고, 조각칼로 긁어가면서 만든 자국이 그대로 남아있어요. 흙을 어느 정도 거칠게 처리한 손의 느낌이 표면에 서려 있는데, 이렇듯 작품의 재료와 예술가의 손이 어우러져 내는 표면의 감촉을 '재질감'이라고 부릅니다. 흙

(좌) 권진규, 〈상경〉, 1968, 테라코타/ (우) 권진규, 〈여인두상〉, 1960년대, 돌.
춘천 권진규미술관

으로 빚은 작품은 가마에 넣어 구우면 단단해지고 습기가 스며들지 않게 되어요. 굽기 과정을 거친 흙 조각은 '테라코타'라고 하지요.

흙이라는 재료는 만지기에 부드러워 예로부터 사람의 살갗을 표현하기에 좋았어요. 찰흙덩이는 쇳덩이처럼 차거나 날카롭지 않으면서 촉촉함까지 머금고 있거든요. 흙 다음으로 사람을 만들기 좋은 재료는 돌일 거예요. 오른쪽 작품은 돌로 된 얼굴입니다. 정을 대고 망치를 두드려 돌을 큼직하게 깎아가며 형태를 만들고, 그 위를 잘게 쪼아서 얼굴의 세부를 만듭니다. 같은 재료일지라도 재질감을 변화시키면 색다른 느낌을 줄 수가 있어요. 돌의 경우 마무리를 매끌매끌하게 갈아서 처리하면 훨씬 부드러운 표면 효과를 낼 수가 있거든요. 재질감을 거칠게 하면 그 인물의 진솔한 삶이 보이는 듯하고, 매끄럽게 하면 섬세하고 고운 삶의 결을 드러낼 수가 있습니다.

돌이나 흙처럼 인간이 오래도록 써왔던 전통적인 재료가 있는가 하면, 산업화 이후에 등장한 새로운 재료도 있습니다. 다음 쪽 페이지의 작품을 보세요. 지용호 작가는 자동차의 타이어를 잘라서 동물을 만들었어요. 타이어는 탄력과 윤기가 좋으며 잘 휘는 데다가, 겉에는 패턴까지 있어서 나름의 특이한 재질감을 자랑하지요. 작가는 타이어를 원하는 모양으로 자르고 붙여서, 무언가에 저항하듯 버티고 있는 북극곰의 불거진 근육들을 멋지게 보여줍니다. 근육의 결을 표현하기에 쫀득쫀득하게 탄력 있는 타이어의 재질감이 잘 어울리는 것 같지 않나요?

재질감 못지않게 조각품에서 중요한 것은 '양감'입니다. 꽉 찬 것 같은 덩어리가 주는 묵직한 느낌을 양감이라고 하는데요. 양감 이야기를 할 때 사람들이 종종 헷갈리는 것으로 '부피'를 들 수 있어요. 부피는 입체물이 자리를 차지하는 것을 말하는데, 그 속안이 그득 채워져 있지 않아도 돼요. 부피가 크다고 할 때는 재료의 무게와는 상관없이, 재료가 얼마나 넓게 펼쳐져 있는지를 보고 말하거든요.

부피로 설명할 수 있는 입체의 예로 나무로 만든 오두막집을 들 수 있습니다. 오두막집은 내부에 공간을 가지고 있는데요. 실내가 바깥재료보다 훨씬 중요하게 여겨진다면, 이 오두막집은 건축에 속합니다. 조각품의 경우는 내부 공간은 큰 의미가 없고, 덩어리 자체가 가진 아름다움이 핵심이거든요. 즉 일반적으로 건물은 부피가, 조각은 양감이 더 강조되어 왔다고 할 수 있어요. 하지만 오늘날에는 조각가나 건축가들이 새로운 시도를 많이 하기 때문에, 조각과 건축의 경계는 점차 좁혀지고 있습니다.

(좌)지용호, 〈북극곰〉, 2015, 폐타이어/ (우)레이첼 화이트리드, 〈집〉, 1993, 콘크리트

영국의 조각가 레이첼 화이트리드 Rachel Whiteread, b.1963는 건물을 부수어서 조각품을 만든 적이 있어요. 위의 오른쪽 사진에서 보듯 그녀는 집 한 채를 골라 그 집안에 시멘트 콘크리트를 가득 부었습니다. 그리고 시멘트가 굳혀질 무렵 집의 외벽과 창문을 모두 부셔 없앴지요. 사람이 살 수 있는 집 대신 거대한 기념비 같은 덩어리를 만든 셈이랍니다. 이 작품은 우리가 살고 있는 집이란 단순히 주거공간만은 아니라고 말합니다. 집은 가족이 함께 지낸 추억으로 가득 채워져 있는 곳이니까요.

입체작품을 감상할 때는 이렇게 하세요

❶ 조각가는 무슨 재료를 선택했는지, 그 재료가 주제와 잘 어울리는지 살펴본다.

❷ 재료를 붙이며 만들었는지, 깎으며 만들었는지, 재료를 다룬 방법에 대해 관찰한다.

❸ 작가가 표면의 재질을 어떻게 표현했고, 어떤 기분을 주는지 이야기해 본다.

❹ 큰 작품의 경우, 작품을 멀리서 볼 때와 작품 안으로 들어가서 볼 때 느낌이 어떻게 다른지 비교해 본다.

만화와 애니메이션

어렸을 때 만화를 좋아했는데, 선생님이 "만화만 보면 다른 책에 재미를 못 붙인다"하고 주의를 주셨던 기억이 나요. 만화에서 하는 말투에 익숙해지면 글로 쓰는 완전한 문장을 배우기 어렵다는 걱정도 하셨죠. 하지만 만화는 단순히 글을 대신하는 게 아니에요. 만화만의 소통 방식이 있습니다.

만화를 이루는 세 가지 요소는 그림, 언어, 컷(잘려진 칸)인데요. 그림은 인간과 동물을 간략하게 선으로 나타낸 모습입니다. 얼굴이 세로로 일그러지기도 하고 가로로 찌그러지기도 하면서 표정이 솔직하고 풍부하게 드러나는 게 특징이에요. 특히 눈이 동그랗고 속에 방울이 초롱초롱 맺혀 있어서 감정 변화를 한눈에 알 수 있기도 해요.

만화의 언어는 '얏, 잡아라, 으하하, 받아라, 얍, 헉, 으윽, 흑흑' 등 모양과 소리를 직접적으로 흉내 내는 경우가 많아요. 그래서 슬픔, 기쁨, 놀람, 노여움과 같은 감정이나 분위기를 생생하게 전달할 수 있습니다. 그러면 컷은 어떤 역할을 할까요? 종이 한 장마다 그림 하나씩을 그리면 너무 많은 종이가 필요하니까, 단순히 한 장을 여러 칸으로 나눈 것일까요? 물론 그런 이유도 있겠지요. 하지만, 더 중요한 것은 이미지와 이미지를 직접 조립한다는 점이에요. 이게 바로 몽타주 주montage: 조립한다는 뜻 방식이랍니다.

예를 들어 이미지 둘을 붙여보세요. 하나는 아이가 웃고 있는 이미지입니다. 다른 하나는 맑은 하늘에 새가 날아가고 있고요. 이 둘을 같이 보면 어떤 느낌이 들까요? 아이가 하늘을 날듯 기분이 좋은 것 같이 보이겠지요? 또 한 예를 들어볼게요. 이번엔 어떤 사람이 걸어가고 있는 이미지네요. 그리고 그 옆으로 기계가 김을 내며 곧 폭발할 듯 열을 내고 있는 이미지가 있다고 해 봅시다. 걸어가고 있는 사람이 지금 어떤 상태로 보일 것 같아요? 이렇듯 영 다른 이미지도 가까이 붙여놓으면 머릿속에서 서로 연결되어 의미를 만들어내지요.

만화나 인형을 살아있는 것처럼 생동감 있게 움직이도록 보여주는 영화를 애니메이션이라 해요. 애니메이션의 세계에 푹 빠진 한 소년이 있었습니다. 디즈니 애니메이션을 놓치지 않고 꼭 챙겨보며 자라난 이 소년은 여섯 살이 되던 해에 부모님에게 자신은 커서 디즈니에서 일하고 싶다고 말합니다. 고등학교에 들어갔을 때 소년은 디즈니사에 편지와 함께 자신이 그린 그림을 보내기도 했지요. 이후에 대학은 디즈니가 세운 캘리포니아 예술학교에 입학하여 상상력을 키웠고, 주말이면 디즈니랜드에서 손님을 안내하는 일을 했어요. 그리고 마침내 꿈에 그리던 디즈니사에 입사했습니다. 그 소년이 존 라세터John Lasseter, 오늘날 애니메이션계에서는 그의 이름을 모르는

(좌) 앨버트 로자노^{Albert Lozano}, 영화 〈인사이드 아웃〉의 슬픔이, 2015,
종이에 유성 연필과 마커, 28 x 43.2cm
(우) 제임스 로버슨^{James Robertson} 그림, 앤드류 지메네즈^{Andrew Jimenez} 불빛효과,
영화 〈토이 스토리3〉을 위한 스토리보드: 덤프, 2010, 디지털 페인팅
출처: 동대문 디자인플라자, 《픽사 애니메이션 30주년 특별전》 도록, 2017

이가 없을 정도로 유명인이랍니다.

라세터는 어릴 적부터 디즈니를 바라보며 꿈을 키웠지만, 정작 디
즈니에서 일하던 시절에는 자신의 제안들이 통 받아들여지지 않아
좌절했어요. 그리고 결국엔 디즈니사를 그만두고 말았어요. 다른 영
화사로 옮겨 일하던 중, 때마침 스티브 잡스가 그 영화사에서 컴퓨
터그래픽 작업을 담당하던 한 팀을 인수하게 돼요. 라세터의 재능에
확신을 가진 잡스는 이 팀을 애니메이션 스튜디오로 독립시켰고, 라
세터가 그곳에서 맘껏 기획할 수 있도록 힘을 실어주었습니다. 이렇
게 해서 1986년에 설립된 스튜디오가 바로 픽사랍니다. 이후 30년
동안 픽사는 〈토이 스토리〉, 〈몬스터 주식회사〉, 〈니모를 찾아서〉, 〈인
사이드 아웃〉 등 인기 최고의 애니메이션들을 탄생시켰습니다.

픽사에서는 컴퓨터로 모든 작업이 이루어질 것 같지만, 앞 페이지의 왼쪽 그림에서 보듯 손으로 하는 작업도 필요합니다. 수백 장의 밑그림을 그려 본 후에야 드디어 마음에 와 닿는 캐릭터가 탄생하곤 하지요. 연필이나 파스텔을 이용하여 손으로 밑그림을 그리고 색칠한 후에는 디지털 색채작업을 해서 영화에 흐르는 전체적인 색의 느낌과 조명의 분위기를 미리 본답니다.

애니메이션에서는 움직이는 효과 못지않게 이야기 구성과 공간 구성도 중요해요. 그림을 이야기의 흐름에 따라 배치한 판을 '스토리보드'라고 해요. 한 판에는 여러 칸의 개별 이미지들이 있는데, 이 칸들이 마치 만화책을 보는 것처럼 서로 연결되면서 이야기를 진행시키지요. 공간 구성은 애니메이션 속의 세상이라고 할 수 있는데, 관객들이 평면의 그림을 입체의 공간 형태로 느낄 수 있도록 디지털 기술력을 한껏 동원해야 하는 영역입니다.

라세터는 "예술은 기술을 발전시키고, 기술은 예술에 영감을 준다"라고 했어요. 예술과 기술은 서로가 서로를 필요로 한다는 뜻이지요. 라세터의 말처럼, 애니메이션은 예술과 기술이 창의적으로 협업하여 이루어낸 결과입니다.

토기와 도자기

식탁 위에서 매일 만나게 되는 밥공기와 국 사발, 반찬 접시들은 무엇으로 만들었을까요? 요즘에는 놋쇠그릇이나 나무그릇을 잘 쓰지 않으니까, 아마 대부분은 흙으로 만든 그릇일거예요. 최근에는 흙 수저, 은 수저, 또는 금 수저를 물고 태어났다는 말을 농담처럼 하는데요. 물론 은과 금의 값어치에 비하면 흙은 형편없이 싸고 흔해빠진 재료이지요. 하지만, 인류의 문화사에서 흙은 우수한 농경문화의 토대가 되었습니다.

흙으로 만든 그릇인 토기土器, earthenware는 인류가 농사를 짓고 모여서 살게 되면서 수확한 음식물을 모아놓기 위해 만들기 시작했는데요. 토기의 발명으로 날것으로 먹거나 불에 직접 구워 먹는 방식에서 벗어나 음식물을 삶거나 쪄서 먹는 다양한 조리법이 개발되었지요. 그것만이 아니었어요. 그릇이나 단지가 생기자 사람들은 우물에서 물을 길어 부엌이나 일터까지 옮겨오기도 하고 며칠 동안 집에 보관해 두고 먹을 수도 있었답니다. 보관과 저장이 가능해지면서 점차 술도 담가 먹고, 소금을 이용하여 음식을 절여두기도 하는 등 음식문화가 급속도로 발달하게 되었지요.

찰흙으로 만든 그릇은 공기 중에 서서히 말리면 굳혀져요. 하지만, 조금만 부딪혀도 여기저기 깨져버리고, 물에 젖으면 다시 미끄덩한 흙물이 손에 묻어나기도 해요. 토기를 만들던 옛 사람들도 그런 문제들을 해결하기 위해 고민했을 거예요. 어떻게 하면 단단하게 강화할 수 있을까, 어떻게 하면 물이 스며들지 않게 할 수 있을까. 토기 제작은 점토를 구워서 물에 풀어지지 않는 완전히 새로운 성분으로 변화시키는 것으로서, 인류 최초의 화학실험에서 나온 획기적인 발명품이라고 할 수 있습니다.

사냥을 하며 살던 부족들에게는 힘이 센 것이 곧 최고의 능력으로 여겨졌지만, 토기를 만들어 쓰는 부족들에게는 힘 뿐 아니라, 더 세련된 그릇을 만드는 기술력까지 필요했답니다. 그러니까, 더 단단하고 멋진 그릇을 사용하는 부족이 그 지역에서 가장 머리 좋고 감각 있고 경쟁력 있는 부족으로 살아남았고, 오래도록 문화를 발전시키며 그 지역의 주인공 역할을 하게 되었다는 뜻이지요.

다음 페이지의 왼쪽 사진은 신라시대인 5세기에 만들어진 사발 모양의 그릇받침이에요. 당시에는 그릇을 만드는 사람은 가난한 계층의 장인이었고, 자기 이름을 남기는 예술가로 인정받지도 못했어요. 그런데도 그는 자기 이름과 상관없이 최고의 그릇을 만드는 일 자체를 즐겼던 모양입니다. 그는 더 단단한 토기를 만들기 위해, 마

(좌). 〈토기발형그릇받침〉, 신라5세기, 높이29.5cm, 입지름36.6cm, 호림박물관
(우). 〈청자음각연화문팔각장경병〉, 고려12세기, 높이35.4cm, 밑지름10.6cm, 보물1454호, 호림박물관

치 연구실의 공학자처럼 가마의 온도를 높이는 실험을 멈추지 않았을 거예요. 그리고 더 품위 있는 그릇을 만들기 위해, 표면에 빗금을 긋고 네모를 뚫는 예술적 여유도 누렸군요.

지혜가 점차 쌓여가면서 사람들은 그릇이 누르스름한 흙의 색깔을 띠지 않았으면 하고 바랐습니다. 노력을 거듭한 후에 마침내 투명하고 푸르스름하고 표면이 매끌매끌 반짝반짝한 자기磁器, ceramics가 탄생했어요. 800~900℃ 정도의 온도에서 굽던 그릇을 이제는 1300~1350℃ 정도까지 올려야 했고, 그 온도를 지속적으로 감당해 낼 수 있는 가마를 만드는 일 자체가 아무나 할 수 없는 대단한 기술력이었어요. 그렇기 때문에 수준 높은 도자기를 만들 수 있는 나라는 흔하지 않았답니다.

잘 구워진 도자기는 흙의 느낌이 완전히 사라져서 치밀하게 바뀝니다. 흙과 유약이 착 달라붙어 표면에 윤기가 나고 색도 아름다워

(좌). 〈백자반합〉, 조선16세기초, 높이22.7cm, 입지름15.5cm, 보물806호, 호림박물관
(우). 〈백자청화매죽문호〉, 조선15세기, 높이29.2cm, 입지름10.8cm, 국보222호, 호림박물관

요. 45쪽의 우측 사진은 12세기에 만들어진 고려청자로, 학처럼 긴 목을 가진 우아한 술병인데요. 옥색이 도는 것을 보면 원재료가 흙이라는 것을 믿기 어려울 정도이지요. 당시 중국인들도 "고려청자의 색은 천하제일"이라고 칭찬했다고 합니다. 병의 둥근 몸통 위에 새겨 넣은 연꽃무늬의 우아함은 또 어떤가요? 이 도자기를 만든 사람을 공학자로 불러야 할지, 예술가로 불러야 할지 망설이게 하는군요.

위의 왼쪽 사진은 조선시대에 만들어진 백자입니다. 쌀밥처럼 새하얀 밥그릇이에요. 왕실에서 연회나 제사 때에 사용했던 그릇이랍니다. 순결한 흰색은 깨끗하고 맑은 마음가짐과 검소한 생활태도를 중시하던 조선시대의 선비들이 존경하던 색이었어요. 하얀 바탕의 백자는 그 위에 그림을 그려 넣기에도 좋았어요. 오른쪽 사진은 백자 위에 청색 물감으로 매화와 대나무를 그려 넣은 항아리입니다. 매화와 대나무 역시 선비들이 닮고 싶었던 식물이지요. 추위와 바람에도 굴하지 않고 견뎌내는 대나무, 그리고 이른 봄추위를 뚫고 피어난 매화의 은은한 향기는, 백자의 흰색과 더불어 꼿꼿하고 지나침이 없는 선비의 미덕을 상징한답니다.

토기와 도자기에 대해 글을 쓸 때는 이렇게 하세요

❶ 그릇의 표면이 거친지 혹은 윤이 나는지, 무슨 색을 띠는지 살펴본다.

❷ 어느 시기, 어느 지역에서 만들어졌는지, 어떤 사람들이 사용했는지 조사한다.

❸ 뼈항아리, 태항아리, 술병, 주전자 등 도자기의 쓰임새와 모양의 관계를 생각해 보자.

❹ 무늬를 새겨 넣었거나, 그림으로 그렸다면 그 의미와 상징에 대해 이야기해 본다.

일상용품 디자인

디자인이란 무언가를 만들어내기 위해 아이디어를 떠올리고 설계하는 일이에요. 주변을 둘러보세요. 건물, 전등, 가방, 가구, 과자봉지… 이중 어떤 것도 디자인 없이는 생겨나지 못했을걸요. 물건에는 용도와 기능, 그리고 사용자가 있지요. 의자를 예로 들어볼까요? 버스를 기다릴 때 잠시 엉덩이만 걸쳤다 곧 일어나게 되는 딱딱한 의자도 있고, 책상용 의자처럼 허리를 받쳐주어 책읽기 편하도록 설계된 의자도 있어요. 그저 쉬고 싶을 때 아무렇게나 몸을 던져도 되는 푹신한 소파도 있습니다. 이렇듯 용도에 따라 의자를 분류할 수도 있지만, 그 자리에 누가 앉느냐 하는 사용자의 자격이 더 중요한 의자도 있어요. 이를테면 단체의 우두머리 자리는 하나인데 늘 여러 사람이 앉으려고 경쟁하게 됩니다. 그 의자를 차지한 사람을 우리는 체어맨chairman, 座長이라고 부르지요.

반대로 디자인에 따라 사람의 행동이 달라지기도 합니다. 예를 들어 정신분석학자인 프로이트는 자신의 환자들이 무슨 이야기든 자유롭게 털어 놓을 수 있도록 상담실에 누울 수도 있는 편안한 긴 의자를 들여놓았어요. 의자를 바꾸었더니, 환자들은 긴장을 풀었고 비밀도 하나둘 꺼내기 시작했다고 해요. 의자는 사람이 바꾸지만, 거꾸로 의자가 사람을 바꾸기도 하는 거예요. 그래서 디자인은 단순하지가 않습니다. 물론 기능이 가장 중요하기는 하겠지만, 그 안에 디자이너의 철학을 담아낼 수 있어야 하겠지요.

이탈리아의 디자이너, 알레산드로 멘디니Alessandro Mendini, 1931-2019의 디자인 철학은 놀이와 흥미였어요. 자신이 디자인한 물건들이 사용하지 않을 때에도 저절로 사람들의 관심을 끌 수 있기를 바랐거든요. 옆의 사진을 보세요. 이 여인의 이름은 안나입니다. 멘디니는 와인 병의 코르크 마개를 따는 기구에 여인의 얼굴을 달고, 코르크를 당기는 지지대를 그녀의 양팔로 만들었어요. 식사 때마다 와인을 한 잔씩 곁들이기 좋아하는 이탈리아 사람들은 어느덧 코르크 따개를 찾을 때 너도나도 친구 부르듯 '안나 어디 갔지'라고 말하기 시작했답니다. 디자이너가 만든 물건이 사용하기 쉽고 튼튼하며 안전하

알레산드로 멘디니, 〈안나G 1994〉, 플라스틱과 알루미늄 합금
출처: 동대문디자인플라자,《알레산드로 멘디니》展 도록, 2016

❶ 헤더윅 스튜디오, 〈런던 버스〉, 2012. ⓒThomas Heatherwick Making(2015)
❷-❹ 헤더윅 스튜디오, 〈롤링 브리지〉, 패딩턴 유역, 런던. ⓒSteve Speller

고 실용적이면, 그것은 '좋은 디자인'에 속해요. 거기에 사람을 끄는 매력까지 있으면 '뛰어난 디자인'이 되지요.

이번엔 영국의 토마스 헤더윅Thomas Heatherwick, b.1970과 그의 작업실을 간단히 소개할게요. '예술적인 상상'을 기본으로 여러 디자이너들이 어우러지고 함께 도우며 일하는 곳인데요. 1994년에 헤더윅이 설립한 이래 180여 명이 일하고 있지요. 여럿이서 머리를 맞대어 끊임

헤더윅 스튜디오, 〈회전의자〉, 2007. ⓒThomas Heatherwick Making(2015)
출처: 디뮤지엄, 《헤더윅 스튜디오: 세상을 변화시키는 발상》展 도록, 2016

없이 질문을 던지고 함께 고민을 해결하면서 독특한 완성품들을 만들어내고 있답니다. 이들이 20여 년 동안 여러 규제와 골치 아픈 조건들을 헤쳐 나가면서 생각하고 또 생각하면서 무언가를 탄생시켜온 과정 자체가 사실 흥미로운 이야깃거리입니다. 그들의 작품을 보면서, 매력 넘치는 디자인은 과연 어떤 요소들을 갖추어야 하는지 알아보기로 해요.

첫째, 디자이너는 혁신을 좋아합니다. 원래 쓰던 물건을 개선해서 이전보다 편리하고 멋지게 바꾸어놓으니까요. 50쪽 좌측의 사진은 헤더윅이 2012년 런던올림픽을 앞두고 새롭게 디자인한 런던버스입니다. 런던의 버스디자인은 1950년대 중반 이래로 50년도 넘게 바뀌지 않은 상태여서, 내부는 복잡했고 사용하기에도 불편한 점이 있었어요. 하지만 '런던'하면 누구나 빨간 2층 버스를 떠올리기 때문에 쉽사리 디자인을 바꿀 수도 없었지요. 런던시의 의뢰를 받은 헤더윅은 장애인도 타고내리기 편안하고 운전기사도 사방을 잘 볼 수 있게 신경 쓰면서 동시에 연료까지 아낄 수 있도록 기능적으로 설계했어요. 그러면서도 런던의 명물인 빨간 2층 버스의 느낌은 남겨두었습니다. 새로운 런던버스는 안에서는 물론 밖에서 보아도 1층과 2층의 연결이 깔끔하고 단순해서 탁 트인 기분을 줍니다. 이 버스가 다니기 시작하자, 런던의 거리는 한결 산뜻하고 경쾌해 보이기 시작했답니다.

둘째, 디자이너는 상상한 것을 실제로 이루어지게 하는 발명가입니다. 50쪽 중간사진은 헤더윅 작업실에서 만든 발명품 중 하나인데, 다리이면서 동시에 조각 작품이기도 해요. 평평하던 다리는 둥글게 말려 올라가서 마침내 둥근 쳇바퀴 모양의 작품으로 변하지요. 헤더윅은 영화 〈주라기 공원〉에서 공룡의 긴 꼬리가 말려 올라가는 모습을 보고 이런 다리를 만들어보고 싶었다고 해요. 열렸다 닫혔다하는 다리의 전통은 런던의 명물인 타워브리지에서 이어받은 것이기도 합니다. 전통에서 우러나온 새로움, 이것이 바로 영국식 발명의 핵심이니까요.

셋째, 디자이너는 일상 속에 재미를 선물합니다. 51쪽 우측의 작품은 앉으면 빙글빙글 팽이처럼 돌아가는 의자예요. 어린이들만 좋아할 것 같지만, 의외로 어른들이 앉아보고 더 즐거워한답니다. 좋은 디자인이 성실한 사람을 만난 것처럼 든든하다면, 재미가 담긴 디자인은 유머 넘치는 사람을 만난 것처럼 일상에 활력을 주지요. 하루 종일 별로 움직이지도 않고 일하다보면 자기도 모르게 얼굴표정이 시큰둥하게 굳어져 있을 때가 많아요. 그럴 때 이런 팽이의자에 앉아보면, 한 번쯤 미소를 띠게 되지 않을까요.

마지막으로 디자이너는 아름다움을 추구합니다. 디자인된 물건이나 건물이 아무리 쓰임새가 훌륭해도 아름답지 않다면 무슨 매력이 있겠어요. 예술적 상상에서 싹튼 모든 성과는 결국 하나로 모아져요. 그것은 바로 세상을 매력 넘치는 곳으로 변화시키고픈 꿈이랍니다.

일상용품에 대해 글쓰기 할 때는 이렇게 하세요

❶ 물건의 기본 용도에 맞게 디자인이 기능적인지 살펴본다.

❷ 특별히 어떤 사람을 위해 만들어졌는지, 그 의미와 상징에 대해 이야기해 본다.

❸ 물건이 친숙해서 좋다면, 무엇을 닮았는지 살펴본다.

❹ 이 디자인으로 인해 사용자의 생활은 어떻게 달라질지 상상해 본다.

3

나만의 프레임으로
바라보기

개미의 눈과 새의 눈

자세히 보아야 예쁘다.

오래 보아야 사랑스럽다.

너도 그렇다.

    나태주의 '풀꽃'이라는 시입니다. 풀꽃은 흔해서 잘 안다고 여기지만, 정작 꽃잎이 어떻게 생겼는지 그리려고 하면 잘 떠오르지 않지요. 언뜻 보고 지나쳐버렸기 때문일 거예요. 한 걸음 떨어져서 멀찍이 바라보아야 멋있는 것도 있지만, 반대로 가까이 다가가서 들여다볼수록 감동이 새록새록 쌓여가는 것도 있습니다.

    "아무도 꽃을 볼 때 오랜 시간을 들이지 않아요. 작은 꽃에 눈길을 둘 만큼 사람들은 여유롭지 않으니까요. 그래서 나는 내가 알고 있는, 내가 본 꽃을 그리기로 결심했어요. 그것도 아주 커다랗게요. 그러면 사람들이 깜짝 놀라서 내가 그린 꽃을 보는 데 귀한 시간을

조지아 오키프, 〈동양 양귀비〉, 1927, 캔버스에 유채,
F.R. 와이즈만박물관, 미네소타대학교, 미니애폴리스

내어주겠지요. 제아무리 바쁜 뉴욕사람들일지라도요." 미국의 화가
조지아 오키프Georgia O'Keeffe, 1887-1986가 한 말입니다.

위 그림을 보세요. 오키프는 꽃의 이미지만을 묘사한 것이 아니라,
속속들이 얼마나 섬세한지 촉촉한지, 그리고 얼마나 찬란하고 유혹
적인지 그 느낌을 그대로 살려내지요. 그래서 자신의 말대로 바쁜
뉴욕 사람들의 눈길을 오래도록 잡아두었습니다.

미국 뉴멕시코 주의 산타페에 가면 오키프미술관이 있어요. 오키
프가 노년을 보낸 곳인데, 100살까지 살았으니 거의 40년을 거기서
머무른 셈이네요. 산타페의 첫인상은 눈을 뜨기 어려울 만큼 강렬
한 태양과 가짜로 의심할 만큼 유난히도 새파란 하늘이지요. 도시

정선, 〈금강전도〉, 1734, 조선, 종이에 수묵담채, 130.6 x 94cm, 국보 217호
출처: 삼성미술관 리움, 《세밀가귀 細密可貴: 한국미술의 품격》展 도록, 2015

의 오염에 한 겹 걸러진 빛과 흐리고 퇴색된 하늘만 줄곧 보아오던 사람들에겐 아마 충격적일 걸요. 무엇보다 감동적인 것은 그 눈부신 색의 느낌이 그대로 오키프의 그림 속에 있다는 것이에요. 그러니 잿빛 도시에 사는 사람들이 그녀의 그림을 보고 얼마나 신비롭다고 느꼈겠어요. 하지만, 왜 그 느낌을 스스로 찾아낼 생각은 못할까요. 누구나 미술가의 눈으로 볼 수 있는데 말입니다.

미술가의 눈이 세부를 관찰하는 데 뛰어나다고 해서 전체를 못 본다고 오해하면 안 되지요. 미술가는 마음의 눈으로 전체를 종합하여 볼 줄 아는 사람이기도 합니다. 위의 작품을 보세요. 겸재 정선^{선후기, 1676-1759}이 금강산 전체를 그린 그림이에요. 드론(무인정찰기)으로 내려다본 금강산일까요? 어떻게 사람의 눈으로 저 많은 산봉우리 모두를 한눈에 들어오게 그릴 수 있었을까요?

　이 그림은 화가가 58세 되던 무렵에 그린 것이어서, 금강산을 다녀온 지 20년이나 지났을 때라고 하네요. 그림 오른쪽 위에는 "발로 밟아 두루 다녀본다 해도, 어디 베갯머리에서 마음껏 보는 것만 하겠는가"라고 씌어있어요. 그러니까 이 작품은 방에 앉아 가슴속에 담아두었던 금강산을 그린 것입니다. 겸재는 평생 여러 차례 금강산 일대를 돌아다녔고, 자그마치 100여 폭에 이르는 금강산을 그렸어요. 이제 그는 마음으로 금강산 전체를 볼 수 있었던 것이지요.

또 다른 시선

누군가 우리를 지켜보고 있습니다. 어둑해진 학교 뒷길을 걸을 때나 복잡한 상점에서 물건을 고를 때, 여기저기서 감시카메라^CCTV의 눈이 우리를 찍고 있으니까요. 감시카메라가 없던 시절에는 어떠했을까요? 그 오랜 세월, 수많은 사건들을 마치 감시카메라인양 구석구석 바라보는 존재가 있었습니다. 그것은 바로 달님이에요. 그림의 소재를 찾아 달의 그림자를 따라 걷던 화가 사석원은 말합니다. "달이야말로 시간과 공간을 초월한, 이 세상 최초이자 최고의 초고화질 감시카메라입니다. 역사의 궁금증을 풀어줄 만능열쇠인 셈이지요."

사석원은 역사의 현장인 고궁에서 예술적 영감을 얻기 위해, 옛 궁궐을 찾아 몇 번이고 거닐어 보았습니다. 마치 명탐정이 된 듯 '이곳에서 왕이 무슨 생각을 하며 산책을 했을까' 상상하면서요. 궁궐에는 겹겹의 시간이 스며있었어요. 그곳을 거쳐 갔던 여러 왕들의 모습이 간간히 그의 눈앞을 스치고 지나가는 것 같았습니다.

작품1. 사석원, 〈창덕궁 규장각 수사슴〉, 2014, 캔버스에 유채, 130.3 x 162.2cm
출처: 가나아트센터,《사석원-고궁보월古宮步月》展 도록, 2015

위 그림은 창덕궁 규장각을 그린 것이에요. 규장각은 왕실의 도서
관인데, 18세기에 정조가 이곳에서 책을 읽고 여러 학자들과 더불
어 나라의 일에 대해 논의했던 곳입니다. 달빛 아래로 붉은 모란이
피어 있어요. 모란은 부귀영화富貴榮華: 풍요롭고 귀하게 영광을 누림를 뜻하는
꽃으로, 정조 통치시대에 문화가 활짝 꽃피었다는 것을 암시하지요.
화면의 앞쪽을 커다랗게 차지하고 있는 것은 수사슴이에요. 양쪽으
로 뻗어 올라간 뿔의 자태가 예사롭지 않게 위엄 있고 기품이 넘칩
니다. 이 사슴의 관(뿔)은 왕관을 비유하는 게 아닐까요. 그 위에는
부엉이가 일곱 마리나 앉아 밤새 눈을 또랑또랑 뜨고 지혜를 모으

고 있군요. 왕이 현명한 생각을 할 수 있도록 도와주는 여러 분야의 학자들인가 봅니다.

그림의 오른쪽 위에는 샛노란 둥근 달이 모든 것을 아는 눈빛으로 궁궐의 밤을 비추고 있어요. 고민이 많아 잠이 오지 않는 밤이면 조선의 왕들은 궁궐의 마당에 나와 저 달을 올려보았겠지요. 어쩌면 한숨 섞인 혼잣말을 했는지도 모릅니다. 왕은 자신이 달을 본다고 생각했겠지만, 실은 달이 왕을 보고 있지 않았을까요? 왕이 눈치채지 못하게 언제나 한결같은 시선으로 말입니다.

달처럼 무언가를 바라보는 나를 보는 어떤 존재가 있을지 모릅니다. 김홍식 작가는 미술관을 즐겨 다니다가 어느 날 문득 미술작품에 집중하는 대신 구경꾼들에게 관심을 두기 시작했어요. 62쪽의 우측 그림은 액자가 또 다른 액자 안에 들어있는 구성을 가진 사진 작품입니다. 에두아르 마네Edouard Manet의 〈피리 부는 소년〉 앞에 그림 속 소년 또래의 소녀들이 서 있어요. 교복을 입은 두 소녀는 학교에서 단체로 오르세미술관 관람을 온 것 같은데, 150여 년 전에 살던 소년 앞에서 잠시 걸음을 멈추었어요. 그리고 소년의 피리 연주를 열중해서 들어봅니다.

김작가는 그림을 보는 두 소녀를 뒤에서 바라보고 있네요. 피리 부는 소년의 눈은 작가를 의식한 듯, 카메라를 향하고 있습니다. 두 소녀는 그림 속 소년을 보고, 김작가는 소녀들을, 그리고 다시 그림 속 소년은 김작가를 보고 있는 거죠.

루브르박물관에 간 김작가는 레오나르도 다 빈치Leonardo da Vinci의 〈모나리자〉 근처에서 재미있는 모습을 포착했어요. 사람들이 그림

김홍식, 〈산책자 미술관에 가다_루브르〉, 2016-7,
스테인리스강 위에 돋을새김 & 실크스크린, 150x120cm
김홍식, 〈산책자 미술관에 가다_오르세〉, 2016-7,
스테인리스강 위에 돋을새김 & 실크스크린, 131 x 91cm
출처: 환기미술관,《시視 간間—시선의 사이를 거닐다》展, 2017

앞에서 마치 아이돌 가수를 만난 듯 열심히 사진을 찍어대는 것이
었어요.

오른편에 불쑥 솟아있는 아이는 그림을 보려고 아빠의 목에 올라
탄 모양입니다. 오래도록 세계적으로 최고 인기를 유지하고 있는 모
나리자씨에게 눈인사만 하고 지나가기엔 다들 왠지 허전한가 봐요.
공연장에서 스타 가수가 무대 위에 등장하면, 사람들은 하나둘 휴
대폰을 꺼내 저마다 사진을 찍기 시작합니다. 자기가 그때 그 자리
에 있었고, 그래서 직접 사진을 찍었다는 사실이 소중하기 때문이지
요. 미술관에서도 스타 작품 앞에는 보겠다고 몰려든 사람들로 늘

와글와글합니다.

김작가는 〈모나리자〉를 찍으면서 동시에 휴대폰을 든 구경꾼들을 한꺼번에 카메라 화면에 넣었어요. 수십 개의 작은 휴대폰 화면 속에 모나리자가 담겨 있어요. 휴대폰이라는 네모 틀 속에 또 액자라는 네모 틀이 보이고, 그 안에 조그맣게 모나리자가 앉아 있습니다. 이제 모나리자들은 겹겹의 액자 속에서 미소 짓고 있네요. 김작가는 사진으로 찍은 이미지를 철판에 새기고, 그 위에 금박과 색을 입힌 후 액자에 넣어 자신의 작품을 완성했습니다.

이미지 속에 깃든 시선을 따라가 보세요

구경거리로 가득한 세상은 바라봄을 위해 준비된 장소입니다. 그런데, 이 바라봄의 장소는 서로 바라보여지는 장소이기도 하지요. 또 내가 무언가에 열중하고 있는 동안, 어딘가에 제3의 시선이 숨어있는지도 모릅니다. 이미지 속에 깃든 겹겹의 시선을 추적해 보면 평면적이던 관찰방식이 좀 더 입체적으로 바뀔 수 있을 거예요.

이름 새로 붙이기

　강원도 깊은 산 속에서 농사를 지으려면 산을 불 태워 빈 땅으로 매만진 후 그 위에 씨를 뿌려야 했습니다. 이런 사람들을 화전민火田民이라고 부르지요. 이들은 평평한 땅이 아닌 산 어귀와 산등성이에 농사를 짓기도 힘들었지만, 집을 지어 지붕 위를 덮어놓을 기와의 재료를 구하기도 쉽지 않았어요. 기와를 만들려면 좋은 진흙이 주변에 풍부해야 했으니까요. '너와'는 화전민들이 산에서 손쉽게 얻을 수 있는 나무로 기와를 대신하여 지붕으로 사용했던 것입니다.

　요즘 너와집에 사용되는 나무 판을 구경하기는 어려울 거예요. 우선은 50년쯤 되는 소나무를 켜서 만든 널판들을 지붕 삼아 집을 짓는 사람도 없고요. 또 너와집 지붕에 얹어져 5년쯤 비바람을 견뎌낸 널판들은 이미 마르고 젖기를 수차례 반복하는 바람에 나무다운 느낌이 완전히 사라져 버리거든요. 그래서 일단 지붕에서 내려지면 더 이상은 다른 아무런 용도로 쓰일 수가 없답니다.

(좌)윤석남, 〈새야 새야 파랑새야〉, 2013
(우)윤석남, 〈아이야, 너는 늘 분홍색을
좋아했단다. 나도 너와 같았지〉, 2013
출처: 학고재, 《윤석남 개인전: 나는 소나
무가 아닙니다》展 도록, 2013

　미술가 윤석남^{b.1939}은 버려진 널판들을 보고 애처로운 마음이 들
었어요. 한때는 아름드리 멋지고 건강한 소나무였는데 말입니다. 처
음에 불그레한 빛깔의 소나무였을 너와들은 비바람 속에서 잿빛으
로 변했고, 촉촉했을 속살은 푹푹 패인 채 거친 옹이와 나이테의 윤
곽만이 남아 있었어요. 나무 향기도 나지 않고 쩍쩍 갈려져 돌처럼
굳어져버려서 이제는 그 누구도 이것을 보고 소나무라 부를 리 없
었습니다. 윤작가는 그것들을 한참 동안 차근차근 바라보았어요. 그
러다가 너와 판자들 하나하나에게서 소나무가 아닌 각기 다른 얼굴
들을 떠올리게 되었지요. 엄마의 얼굴, 아이의 얼굴, 놀란 얼굴, 기쁜
얼굴… 이렇게 해서 생명을 다한 너와 판자들은 땔감으로 던져지는
대신, 사람으로 다시 태어나게 되었답니다.
　왼쪽 작품을 보세요. 눈을 감고 마치 푸른 하늘을 상상하는 듯
파란 색이 머리 위로 펼쳐진 사람이 보이네요. 나무가 원래 가지고

있던 옹이무늬가 오므린 입술처럼 보여요. 윤작가는 나무의 결을 살리면서 그 위에 붓으로 얼굴을 그려 넣어 나무의 고유한 생김새와 인물이 잘 어우러지도록 만들었어요. 65쪽의 우측 작품에는 분홍색 바탕 위에 엄마와 소녀가 그려져 있습니다. 엄마와 함께 많은 시간을 보냈던 그리운 어린 시절을 떠올리며 그렸나 봅니다. 만일 얼굴이 그려져 있지 않았다면, 버려진 널판을 보고 이런 생각 저런 생각 할 수 있을까요? 얼굴이 그려진 이상 이 나무 판들은 이제 소나무가 아닙니다. 우리의 할머니와 어머니, 그리고 우리 이웃들의 모습이지요.

윤작가는 얼굴을 그려 넣기 전에 나무에 붙어 있던 흙먼지를 털고 닦아내면서 "너희는 어디에서 왔니?" 하고 물어보았어요. 널판들은 저마다 사연을 들려주었답니다. 지붕 위에서 생명을 다 한 후에 이렇게 사람의 모습으로 되살아나기까지 널판이 겪은 긴 여정 말이에요. 하나의 생명체가 세상에 태어나 비바람을 겪으며 추위를 버텨낸 이야기도 그 안에 담겨있고, 또 지난 가을에 높디높은 하늘을 바라보며 새가 되고 싶었던 꿈도 깃들어 있지요.

익숙한 것에게서 전혀 생각지 못하던 새로운 이미지를 만날 때가 있어요. 옆의 사진을 보세요. '농구대가 있네.' 이렇게 말하는 대신 '너는 누굴 닮았니?' 하고 물어보세요. 제목을 보니 〈기린〉이네요. 이걸 사진으로 찍은 학생은 농구대를 바라보다가 문득 기린이라고 이름을 붙여주었습니다. 왜 한 번도 우리는 농구대에게 새 이름을 붙여 줄 생각을 하지 않았을까요? 왜 농구대는 반드시 '농구대'라는 이름 하고만 짝을 지어야 한다고 결정해 버렸을까요?

(좌) 〈기린〉, (우) 〈새와 쥐〉
출처: 이성원, 《자연미술이 뭐지?》 (구름서재, 2010)

오른쪽의 사진을 볼까요? 초등학교 4학년 학생이 고구마를 먹다가 문득 찾아냈어요. 왼쪽에 끝부분이 접힌 고구마는 무얼 닮았나요? 오른쪽에 있는 배가 불룩하고 꼬리가 길쭉한 고구마는요? 제목이 〈새와 쥐〉라고 하네요. 우연히 찾아낸 이미지라 더욱 흥미진진합니다. 무언가를 바라볼 땐 먼저 그 물건의 본래 이름을 아예 잊어버리세요. 물건이 이름 안에 갇혀버리는 수가 있거든요. 어떤 것을 본다는 것은 그것을 이름 바깥으로, 넓은 세상 속으로 자유롭게 풀어주는 것이랍니다.

사소한 것에서 의미를 찾는 관찰의 힘

관찰하기 위해 산책을 나가 보세요. 가벼운 마음으로 출발하고 준비물은 없어도 돼요. 하지만 대충대충 봐서는 안돼요. 관찰은 미처 보지 못한 것을 찾는 일이고, 별것도 아닌 것을 의미 있게 재발견하는 일이니까요. 관찰은 최고의 선생님입니다. 아무 것도 못 보았다고요? 그럴 리가요. 세상에 아무것도 아닌 것은 없습니다. 다만 아직까지 누군가 이름을 붙이지 못했을 뿐이지요.

주인공 바꿔보기

옛이야기의 주인공들은 보통 착한 마음씨를 가지고 있어요. 그래서 힘겨운 일들을 겪게 되지만 잘 견뎌내어 마침내 꿈을 이루게 됩니다. 어떤 인물은 잠시 나와서 주인공을 도와주고 들어가고, 또 어떤 인물은 주인공을 호되게 괴롭히거나 방해하기도 하지요. 등장인물이 아무리 많아도 주인공은 곧 찾을 수가 있어요. 왜냐하면 이야기속의 세상은 주인공을 중심으로 돌아가고 있으니까요. 주인공은 무대의 중심에 서있어서 자연스럽게 모두의 시선이 그를 향하게 되지요.

요즘에 나오는 동화나 연극, 영화 중에는 원래 잘 알려진 이야기에서 주인공을 바꾸어 새로 내용을 엮은 것이 많습니다. 이를 스핀오프spin-off라고 해요. 이를테면 뮤지컬 《위키드》는 《오즈의 마법사》에서 별로 중요하지 않게 등장하던 초록마녀를 주인공으로 내세워 다시 쓴 극본이지요. 심청이 주인공인 《심청전》에서 눈먼 심봉사를 속

피터르 브뤼헐, 〈이카로스의 추락〉, 1558년경, 73.5 x 112cm, 목판에 유채,
벨기에 브뤼셀 왕립미술관

이던 뺑덕어미를 중심으로 이야기를 풀어나가면 내용이 어떻게 달라질까요? 《백설공주》에서 백설공주가 아닌 일곱 난쟁이 중의 하나가 주인공이 된다면, 혹은 질투 많은 왕비가 주인공이 된다면 각각 어떤 이야기로 변할까요? 악한 역할을 맡은 인물도 알고 보면 그럴 만한 속사정이 있을 수 있지요. 그 속사정을 상상하다보면 흥미진진한 새 이야기가 탄생하곤 한답니다.

　미술작품에도 주인공이 바뀌는 경우가 종종 있습니다. 예를 들어 피터르 브뤼헐 Pieter Bruegel the Elder, 1525-1569이 그린 〈이카로스의 추락〉을 볼까요. 화면 오른쪽 아래에 바다에 풍덩 빠진 이카로스가 다리를 허우적대는 모습이 조그맣게 보입니다. 그리스신화 속에 나오는 이카로스는 아버지 다이달로스가 밀랍으로 깃털을 붙여 만든 날개를 달고, 한때 하늘을 훨훨 더 이상 바랄 것 없이 날았어요. 태양열로 날개가 녹고 있는 줄도 모르고 욕심껏 치솟다가 이카로스는 결국 물에 빠지고 말았습니다.

그런데 이 그림은 이상해요. 제목은 〈이카로스의 추락〉인데, 제목에 언급된 주인공이 잘 보이지 않는다는 것이죠. 더욱이 주인공이 지금 물에 빠지는 하이라이트 장면인데, 주변의 사람들은 전혀 알아채지도 못하고 관심조차 기울이지 않습니다. 농부는 소를 부리는 일에 몰입해 있고, 양치기도 골똘히 자기만의 생각에 빠져있군요. 이 그림을 보니 누구라도 높이 떴다가 추락하는 것은 엄청난 사건이 아니라, 그냥 무심히 지나칠만한 평범한 일상처럼 느껴지는군요. 어느 하루는 누군가에게 좀 안 좋은 사건이 벌어지기도 하지만, 그래도 세상은 별 일 없이 그럭저럭 흘러가니까요.

다음 작품은 이명호의 〈나무2〉에요. 이 작가는 사진관에서 신분증에 필요한 증명사진을 찍는다는 마음자세로 나무 사진을 찍어보기로 합니다. 사진관 사진사가 장비를 들고 나무를 일부러 찾아간 셈이지요. 그는 나무 뒤에 커다란 흰 천막을 드리웠어요. 멀리 있는 다른 나무나 하늘이 사진에 같이 나오지 않도록 그렇게 한 것입니다. 그러자 자연의 일부이던 나무 한 그루는 갑작스럽게 무대 위를 지배하는 주연 배우로 변합니다. 사람이 등장하는 사진 속에서라면 나무와 숲은 늘 배경에 불과했겠지요. 하지만 이 사진은 아무리 봐도 나무가 주인공인 게 확실하군요.

주인공이란 우리가 누구에게 눈길이 가고 마음이 끌리느냐에 달

이명호, 〈나무2〉, 2006, 종이에 잉크
출처: 과천 국립현대미술관 30주년 기념,《달은 차고, 이지러진다》展, 2016

려있지요. 주인공을 바꾸는 작업은 관심사를 다른 데로 돌리는 일과 같습니다. 스포트라이트를 받던 주인공이 엑스트라로 몰락하고, 꼴찌가 첫째로 등극하는가 하면, 마냥 착하던 사람이 바보로 간주되고 반대로 괴팍한 사람이 능력자로 부각되기도 하니까요.

사물을 다르게 보기

이미지를 볼 때 제목과 상관없이 주인공을 새롭게 설정하고 사물을 보는 관점을 전환해 보세요. 눈이 밝아져서 구석구석 드러나지 않는 삶의 모습들을 자세히 들여다볼 수 있게 됩니다. 글을 쓸 때에도 세상의 다양한 가치들을 여러 층위에서 재고할 수 있도록 도와줄 겁니다.

II

이미지에서 무엇을 떠올릴 수 있을까?

Associate
연상

1

해석의 단서를
이미지 속에서 찾기

부분을 확장하기

몇 년 전 저는 어느 FM라디오방송 한 코너를 맡아 미술작품들을 소개한 적이 있었어요. 요즘엔 웬만한 작품 이미지도 검색하면 인터넷으로 볼 수 있기는 해요. 하지만 그렇게 적극적으로 라디오를 듣는 사람은 많지 않습니다. 사람들은 보통 라디오를 켜놓고 운전을 하거나 다른 작업을 하거든요. 그런 청취자가 머릿속으로 그림 한 점을 저절로 떠올릴 수 있도록 안내하는 게 제 일이었죠. 이미지를 언어화하는 작업은 쉽지 않습니다. 잘 아는 작품일지라도 제대로 묘사하기 위해 낱말을 고르고 문장을 만들어야 하거든요. 결국 그게 이미지로 글쓰기의 시작이라고 할 수 있어요.

연습 삼아 다음 그림의 주인공들을 말로 풀어볼까요.

옆으로 긴 그림인데, 중앙에 20대 정도 되어 보이는 여인이 화면의 왼쪽에 머리를 두고 풀밭에 쓰러져 있어요. 여인의 배꼽 아래로

피에로 디 코시모Piero di Cosimo, 〈프로크리스의 죽음 The Death of Procris〉, 1495년경,
나무판에 유채, 65.4 x 184.2cm, 내셔널 갤러리, 런던

붉은 색 천 자락이 걸쳐져 있고, 그 아래로 투명한 흰색 옷도 보입니
다. 머리카락은 밝은 브라운이고, 발에는 엄지에 고리가 있는 발가
락이 드러나는 샌들을 신었어요. 목에서는 예리한 칼로 찔린 듯 피
가 흘러나오고, 정신을 잃었는지 눈을 감고 있어요.

여인의 얼굴 근처에는 한 남자가 무릎을 꿇고 그녀를 바라봐요.
오른손은 여인의 이마를, 왼손은 그녀의 왼쪽 어깨를 감싸고 있습니
다. 그 남자는 상체는 사람이지만 털이 숭숭한 산양의 다리를 하고
있고 귀도 윗부분이 뾰족하게 솟아올랐어요. 까만 머리카락은 양털
처럼 꼬불거리고, 얼굴에는 길지는 않지만 턱수염과 콧수염도 있습
니다.

여기까지가 이야기의 중심을 이루는 두 인물을 묘사한 문장입니
다. 나무와 꽃, 배경에 펼쳐진 강가와 멀리 보이는 새와 개들까지 글
로 묘사하려면 한참을 더 써내려가야 하겠죠. 일단 이런 식으로 나
열해 놓은 후, 그중 어느 것에 집중해서 본격적으로 써볼지 생각하

는 것도 방법이에요. 여인의 샌들에 대해 뭔가 더 떠오르는 게 있나요? 남자의 귀나 수염에 대해 더 말하고 싶은 건 없나요?

이야기를 확장하려면, 집중하고 싶은 특정 부분을 좀 끌어당겨 보면 좋아요. 부분은 전체의 의미를 돕습니다. 그런데 부분만 따로 떼어놓고 보면 독립적으로 보이기도 하지요. 위의 개를 자세히 들여다보세요. 표정에 감정이 잘 살아 있습니다. 아주 우울해 보이네요. 아름다운 요정이 죽어서 그녀를 좋아해 오던 사티로스(반은 산양이고 반은 인간의 모습을 한 신화 속 인물)가 슬픈 모양입니다. 시무룩한 개의 모습을 보니 주인공의 마음이 한 번 더 반복되어 슬픈 감정이 확실하게 전해지는 것 같네요.

만약 이 개가 빠진다면 이 그림의 분위기가 어떨지 상상해 보세요. 사티로스가 겉보기에 침착해서 사랑하는 이의 죽음 앞에서 오열하는 상황으로 느껴지지 않을 수 있어요. 그저 지나가다가 마침 쓰러진 낯선 여인을 발견하고 죽었는지 확인하는 장면 같기도 해요. 하지만 개의 감정표현 덕분에 감상자는 전체적인 애도의 분위기를 금세 파악할 수 있는 것입니다.

미국의 영화감독이던 그리피스David W. Griffith, 1875-1948는 사람들이 놓치기 쉬운 어느 부분을 끌어당겨 전체 화면으로 확대해서 보여주는 방식을 영화에 도입했어요. 바로 클로즈-업close-up 방식인데요. 위의 개도 클로즈-업 시킨 부분 이미지입니다. 영화를 볼 때 우리 눈이 미처 따라가지 못해 놓치는 부분들이 있거든요. 그리피스가 클로즈-업 장면을 영화의 사이사이에 끼워 넣자, 관객들은 얼굴 표정을 가까이서 보듯 자세히 볼 수 있었고, 그 순간 그 인물이 어떤 감정인지 확실히 알 수 있게 되었어요.

클로즈-업 방식은 영화에서뿐 아니라 우리가 평소에 이미지를 볼 때에도 알게 모르게 활용되고 있어요. 가장 대표적인 예는 스마트폰 화면을 직접 손가락 두 개로 벌려서 부분적으로 확대시켜 보는 것이죠. 미술관 벽에 걸린 그림이라면 어느 정도 떨어져서 전체를 먼저 보게 되거든요. 그런데 스마트폰에서는 모니터가 작아 전체를 감상하기는 쉽지 않고 차라리 손가락으로 밀어가면서 부분들을 샅샅이 들여다보는 방식을 취하게 됩니다. 세부의 의미가 강화되는 클로즈-업 감상 방식이라고 할 수 있겠지요.

클로즈-업 글쓰기

클로즈-업을 글쓰기에 활용해 보세요. 부분을 확장시켜 가면서 이야기를 전개하면 단순한 이미지일지라도 독자들은 영화처럼 펼쳐진다는 느낌을 받게 된답니다.

부분에 집중한 글쓰기

제가 쓴 글을 사례로 살펴보겠습니다. 저는 프리다 칼로 그림을 보면서 '눈'에 주목했어요. 그래서 눈을 중심으로 다음과 같이 글을 엮어보았습니다.

사람이 만약 눈을 세 개 가지고 있다면, 그러니까 양쪽 두 눈과 더불어 이마 위에 또 하나의 눈이 있다면, 무엇을 더 볼 수 있을까요? 우리가 일상에서 경험하는 것은 두 눈으로 보는 세상이에요. 이마 위에 얹힌 세 번째 눈은 보통 마음의 눈이라고 하지요. 이 눈은 보통은 깊이 잠든 상태라고 해요. 오직 심오한 깨달음이 있을 때에만 번쩍하고 눈을 뜬다고 합니다. 혜안慧眼: 지혜의 눈을 뜬다는 말이 바로 그 순간이 아닐까요? 우리의 마음처럼 밤에 어둠이 내려도 이 눈은 밝게 빛나고, 어르신의 지혜처럼 나이가 들수록 침침해지기는커녕 점점 환해지는 눈입니다.

서로가 서로에게 눈동자가 되어준 부부 화가가 있었어요. 멕시코 출신의 디에고 리베라Diego Rivera, 1886-1957와 프리다 칼로Frida Kahlo, 1907-1954입니다. 디에고는 언제나 프리다를 '나의 눈동자'라고 불렀고, 프리다는 디에고의 얼굴이나 눈을 자화상 속 자신의 이마에 종종 그려 넣었어요. 둘은 아마도 상대방의 눈을 통해 자기가 보지 못하는 다른 모습의 세상을 볼 수 있었던 모양입니다.

다음 작품을 보세요. 프리다가 그린 자화상 〈내 마음 속의 디에고〉인데, 짙은 눈썹 위 이마를 보면 디에고의 얼굴이 제 3의 눈처럼 놓여 있습니다. 그림 속 프리다는 레이스가 달린 멕시코 인디오(토착 원주민)의 옷을 머리에 쓰고 있는데, 그 모습이 어찌나 경건한지 마치 신을 모시는 성직자처럼 보이는군요. 그녀의 머리카락은 레이스 주름장식에서 풀려나온 흰색 실 줄기들과 함께 나뭇가지처럼 사방으로 뻗어나가고 있어요. 마치 그녀가 뿜어내는 영적인 힘이 그림의 틀을 넘어 우리가 있는 곳까지 퍼져 나오는 기분이 듭니다.

옆쪽 그림은 〈우주, 대지(멕시코), 디에고, 나, 세뇨르 솔로틀의 사랑의 포옹〉이라는 작품이에요. 여기에서는 디에고가 아기의 모습으로 프리다의 품에 안겨있는데 자세히 보니 이마 위에 역시 눈이 하나 더 그려져 있습니다. 프리다가 디에고를 안고 있는 자세는 유럽의 많은 그림에서 봤던, 성모가 예수를 안고 슬퍼하는 '피에타'의 포즈를 생각나게 하네요. 두 사람을 한꺼번에 감싸 안는 더 큰 존재가 그림 속에 있어요. 흙색으로 표현되어 있고, 식물에게 젖을 주는 것을 보니 틀림없이 대지의 어머니인 것 같습니다.

이 그림은 멕시코의 신화와 역사를 상징적으로 다루고 있어요. 멕시코는

프리다 칼로, 〈내 마음 속의 디에고 (테우아나 차림의 자화상)〉, 1943, 메이소나이트에 유채, 76 x 61cm
출처: 소마미술관, 《프리다 칼로: 절망에서 피어난 천재화가》展 도록, 2015

16세기 이래로 19세기에 독립하기 전까지 스페인의 통치하에 있었어요. 16세기 이전에는 토착 원주민들의 문화가 주를 이루고 있었는데, 이후에는 스페인의 영향으로 유럽의 문화가 들어와 뒤섞이게 되었답니다. 프리다의 그림에서도 유럽의 미술에서 원류를 찾을 수 있는 성모자 상과 더불어 대지의 여신이라는 토착 원주민의 신화가 섞여 있지요. 우주의 하늘이 대지의 여신을 품 안에 끌어안고 있군요. 밤을 다스리는 달의 검은 손과 낮을 지배하는 태양의 하얀 손으로 말예요. 구석에 쪼그리고 있는 강아지는 내세로 갈 때 길동무가 되어준다는 개인데, 지금은 쉬고 있어요.

멕시코의 신화 속에서 대지의 여신은 생명 탄생의 기쁨과 고통을 동시에 담고 있는 운명의 여신입니다. 프리다의 예술 역시 삶의 기쁨과 고통을 함께 다루고 있지요. 끔찍한 교통사고의 운명은 어린 프리다를 평생 고통 속에 가둬 버렸어요. 이후 오직 예술만이 고통에서 벗어날 수 있는 유일한 출구가 되었습니다.

프리다 칼로, 〈우주, 대지(멕시코), 디에고, 나,
세뇨르 솔로틀의 사랑의 포옹〉, 1949,
메이소나이트에 유채, 70 x 60.5cm
출처: 소마미술관, 《프리다 칼로: 절망에서
피어난 천재화가》展 도록, 2015

다행히 운명의 여신은 가장 외로운 프리다를 늘 사람들에게 둘러싸인 가장 활동적인 디에고의 곁에서 살게 만들었습니다. 프리다에게 그림은 거울이었고, 디에고에게 그림은 세상이었어요. 프리다는 디에고의 눈을 통해 자신의 방 밖으로 펼쳐진 넓은 세상을 볼 수 있었지요. 물론 디에고는 자신을 조용히 비추어 줄 거울 하나를 얻은 셈이었고요.

함께 생각해 봐요

'숲을 보지 못하고 나무만 본다'는 말이 있습니다. 전체로 연결시키지 못하고 작은 프레임 안의 부분만 이야기하다가 끝낸다면 어떤 문제가 있을지 생각해 보세요. 세부 모티프를 가지고 글을 쓸 때에는 전체 장면을 항상 염두에 두어야 합니다.

표면 속 들추어보기

"피부는 늘 우리를 속인다. 인간은 자신의 자신다움에 어울리는 피부를 가진 적이 없다. 나는 천사의 피부를 가지고 있으나 야생 개이고, 나는 악어의 피부를 가지고 있으나, 강아지이다. 나는 흑인의 피부를 가지고 있으나 백인이고, 나는 여자의 피부를 가지고 있으나 남자이다. 어떤 경우에도 내가 가진 것으로 나다움을 말할 수 없기 때문이다." 이것은 레모이네 루치오니Eugénie Lemoine-Luccioni, 1912-2005라는 프랑스의 정신분석학자가 쓴 글에서 일부를 따온 것이에요. 이 글에서처럼 자신의 표면을 이루고 있는 피부와 스스로가 생각하는 내면의 자신은 어울리지 않는다고 여겨질 때가 있습니다.

자신의 피부를 의심하는 태도로 제작된 작품이 다음 페이지에 보여요. 영상작품의 한 장면인데, 거대한 붉은 파충류 같은 몸뚱이 위로, 회색의 뱀 머리 같은 것들이 꿈틀꿈틀 움직이고 있어요. 자세히 보면 사람의 몸 이미지 위에 뱀 표피 이미지를 컴퓨터로 덧입힌 것이지요. 피부의 질감과 색깔만 바꾸어도 사람이 뱀처럼 느껴지는 걸 보니, 어쩌면 우리를 사람으로 보이게 해 주는 가장 중요한 것은 피부인지도 모른다는 생각이 듭니다.

피부는 포장지처럼 몸 안에 들어 있는 것들을 밀봉하여 새어나가지 않도록 막고 보호해 주지요. 중요한 기능을 하는 내장기관들은 눈으로 볼 수 없고 오직 겉을 싼 포장지만 서로 보며 사는 셈입니다. 하지만 이 포장지가 정말로 의미 없이 텅 비어있다고 말할 수는 없어요. 내 피부는 다른 사람의 피부와 닿기도 하고, 다른 물건과 부딪히기도 하지요. 그렇게 서로 맞닿을 때 좋은 감정이 들기도 하고, 낯설고 불쾌한 기분이 들기도 합니다. 내가 세상과 만나는 경계에 피부가 있고, 그렇기 때문에 피부는 바깥세상을 느끼고 정보를 받아들이는 촉수와도 같습니다. 역으로 내면의 나를 외부로 표현하는 문화적인 옷 역할을 할 때도 있죠.

만일 어울리지 않는 남의 옷을 입으면 어떻게 될까요? 오른쪽 페이지 하단에 나오는 작품은 역사 속 인물의 의상을 차려입고 사진을 찍은 장면입니다. 현대미술가 배찬효는 지금 의자에 앉아 영국의 옛 왕 헨리 8세의 역할을 연기하고 있지요. 오른쪽 화면 가장자리에 성배를 든 손이 보이는데, 왕은 그 잔에 얻어맞았는지 이마에 피를 흘리고 있습니다. 이 장면은 어딘지 모르게 어색하고 전체적으로 어설프게 보이네요. 아마도 한국인이 영국인으로 변장해서 그런 것 같아요.

미술가는 일부러 쏙 빼닮기 어려운 인물을 택해 변장함으로써 '다름'을 더 잘 보이도록 끄집어냈는데, 이런 흉내 내기를 '패러디

김준, 〈레드 스네이크〉, 2016, 2분 16초, 3D 애니매이션
출처: 소마미술관, 《내가 사는 피부》展 도록, 2017

배찬효, 〈의상 속 존재-헨리8세〉, 2012, C-print, 213 x 180cm
출처: 소마미술관, 《내가 사는 피부》展 도록, 2017

parody'라고 부릅니다. 이를테면 코미디언은 유명인이나 정치가 또는 연속극 속의 주인공을 우스꽝스럽게 흉내 냅니다. 아주 심각한 장면을 따와서 가볍게 바꾸어버리지요. 배찬효는 영국의 역사상 최고로 소란스럽게 주위사람들에게 형벌을 주던 헨리 8세를 패러디함으로써, 무시무시한 권력을 가볍게 조롱하고 있는 것이랍니다.

이미지를 가지고 글을 쓸 때에는 표면에 드러난 것만 보지 말고 몇 겹을 들추어내어 감추어진 의미를 찾아봐야 해요. 눈에 보이는 것과 전혀 다른 의미를 지닌 작품도 많으니까요.

겉만 보고 알 수 없는 현대미술작품에 대해 글 쓸 때는 이렇게 하세요

❶ 표면적으로 눈에 보이는 것은 어떤 의미를 주는지 살펴본다.

❷ 무언가 논리에 어긋난 이상한 점이 있다면, 그것이 무엇인지 찾아낸다.

❸ ❶과 ❷를 비교해 보고 그 차이의 지점에서 새로 발생하는 의미에 대해 이야기해 본다.

사연 꿰뚫어보기

"카메라는 보이는 것을 찍지만, 엑스레이는 보이지 않는 것을 찍는 다." 프랑스에서 활동하는 예술가, 자비에 루케지Xavier Lucchesi, b.1959 의 말입니다. 오래도록 사진작업을 해 오던 루케지는 어느 날 문득 자신이 찍은 사진들이 전혀 특별하지 않다고 느낍니다. 그리고 남들이 볼 수 없는 장면을 찍어보고 싶은 열망에 부풀어 오르지요. 그는 의학 진단의 목적으로 주로 사용하는 엑스레이에 관심을 가졌고, 대학원에서 "엑스레이와 이미지"에 대해 연구하기도 했어요. 엑스레이는 빛의 일종인데 쉽게 반사되거나 굴절하지 않아서 사물을 꿰뚫고 지나가는 속성을 지니고 있어요. 1895년에 빌헬름 뢴트겐이 연구 도중에 우연히 어떤 빛이 자신의 손을 투과하여 뼈까지 보여주는 현상을 발견했습니다. 사람들은 '신비롭고 알 수 없다는' 뜻을 지닌 알파벳 X를 붙여 이 빛을 부르게 되었지요.

루케지는 동물과 식물, 그리고 기계제품을 엑스레이로 찍은 후 그

자비에 루케지, ⟨빈센트 반 고흐, 자화상⟩, 2000,
X-ray
출처: 한미사진미술관, 《자비에 루케지: The
Unseen》展 도록, 2018

것들을 '내면의 풍경'이라고 불렀어요. 미술관에 걸린 명화를 엑스레이로 찍기도 했는데, 그 과정에서 옛 거장들이 남긴 비밀스런 밑그림까지 드러나게 되면서 사람들의 호기심을 한층 불러일으켰지요. 2006년에는 프랑스 파리에 있는 피카소미술관에서 루케지가 엑스레이로 찍은 피카소작품 이미지들을 전시했는데, 이를 계기로 그는 '엑스레이 예술가'로 알려졌어요. 10년 후 그는 ⟨모나리자⟩를 엑스레이로 찍을 수 있게 되었습니다. 그 분야에서 신임을 얻었기에 가능한 일이었을 거예요.

　⟨모나리자⟩는 파리 루브르박물관에 걸려 있는 레오나르도 다빈치의 작품으로, 프랑스의 문화재이자 전 세계인이 주목하는 작품이기 때문에, 함부로 접근할 수가 없습니다. 작품을 옮기는 과정에서 자칫 실수로 손상이 생긴다거나, 경보장치를 꺼놓은 상태에서 도난이 일어날까봐 철통같이 엄격한 보안을 하고 있으니까요. 이런 작품을

(좌) 자비에 루케지, 〈귀스타브 쿠르베, 상처 입은 남자〉, 2000, X-ray
출처: 한미사진미술관, 《자비에 루케지: The Unseen》展, 2018
(우) 귀스타브 쿠르베, 〈상처 입은 남자〉, 1844–54,
캔버스에 유채, 81.5 x 97.5cm, 오르세미술관, 파리

엑스레이로 찍을 수 있도록 허락받는 것 자체가 루케지에게는 어마어마한 과제였어요.

지금부터 60여 년 전에 누군가 갑작스레 〈모나리자〉에 돌을 던진 사건이 있었어요. 그때 액자의 유리가 깨어지면서 그림에까지 상처가 났었지요. 최고의 전문가들이 모여 표면의 흠집을 완벽하게 없애고 그림을 원래 상태로 복귀시켰어요. 하지만 루케지가 엑스레이로 찍으니 여인의 팔꿈치 부분에 돌 맞은 자국이 까만 점처럼 선명하게 나타났어요.

다빈치는 캔버스 위에 물감을 묽고 옅게 한 겹 칠한 후, 다 마른 다음에 또 한 겹을 칠하는 방식으로 겹겹이 반복해서 그렸습니다. 튀지 않고 자연스럽게 스며드는 은은한 색감을 연출하기 위해서였죠. 〈모나리자〉는 하나의 작품이지만 그 표면은 사실 여러 겹으로 이루어져 있다고 할 수 있어요. 루케지는 엑스레이로 겹겹이 다른 모습의 이미지들을 발굴해 내지요. 그 이미지들을 가지고 컴퓨터 화면상에서 색을 입히기도 하고, 프린트하여 그 위에 직접 색을 칠하기도 합니다. 다빈치의 원작과는 분위기가 전혀 다른 수십 개의 색다른 모나리자들을 재탄생시킨 셈이지요.

88쪽의 그림은 파리 오르세미술관에 걸린 빈센트 반 고흐의 〈자화상〉을 엑스레이로 찍은 후 색칠한 것이에요. 그림 속 고흐의 얼굴을 가로지르는 띠 같은 경계선은 알고 보면 나무로 된 캔버스 틀이에요. 이 작품에서는 이글거리는 불꽃처럼 위로 솟구쳐 오르는 고흐 특유의 붓질이 도드라져 보입니다. 캔버스에 칠해진 물감을 엑스레이로 보면 붓질이 한 번에 깨끗하게 이루어졌는지, 여러 차례에 걸쳐 덧칠해진 것인지 확인할 수가 있어요. 언젠가 고흐의 작품을 흉내 낸 위작이 돌아다녀서 미술시장이 떠들썩해졌던 일이 있었어요. 이렇게 위작논란이 있는 경우에도 수사를 위해 엑스레이를 비추어 보곤 해요. 화가는 보통 자기만의 고유한 붓질을 가지고 있기 때문에 붓질을 비교해 보면 진품인지 위조인지 가려낼 수 있으니까요.

89쪽 그림은 역시 오르세미술관에서 촬영한 것으로, 19세기 리얼리즘의 대가 귀스타브 쿠르베Gustave Courbet의 〈상처 입은 남자〉가 원작입니다. 한 남자가 다쳐서 바닥에 누워있는 이 그림을 엑스레이로 찍으니 흐릿하게 여자의 얼굴 하나가 더 나타납니다. 어떻게 된 일일까요? 화가는 맨 처음에 사랑하는 여인을 끌어안고 있는 자화상을 그렸다고 해요. 그런데 그녀가 떠난 지 한참 후에 다시 덮어 그린 그림에서는 여자는 사라지고 남자만 상처 입은 모습으로 남겨두었다고 하네요. 과연 쿠르베는 후대의 사람들이 자기 그림의 비밀을 알게 될 줄 상상이나 했을까요?

이미 익숙하기 때문에 익숙하게 아는 만큼만 보고 더 이상은 보려하지 않는 사람이 예술가가 되기는 어렵습니다. 남들이 볼 수 없는 차원까지 보고, 모두가 알고 있는 것일지라도 좀 더 색다르게 보여줄 수 있어야 예술가답다고 할 수 있겠지요. 미술작품을 가지고 글을 쓰려면, 예술가와 마찬가지로 사물을 꿰뚫어 볼 수 있어야 하지 않을까요.

다음 작품은 현대미술가 백정기가 만든 조형물입니다. 언뜻 보기에는 벽돌로 만든 벽난로와 굴뚝인 듯합니다. 그런데 여기엔 사연이 숨어 있어요. 예로부터 우리나라에서는 땅에 생명의 물이 마르지 않도록 비가 촉촉하게 내리기를 기원하는 풍습이 있었습니다. 백작가는 그런 기우祈雨: 비가 오기를 기원함 제단이 있었던 터를 한군데 알게 되

글 쓰는 이에게 사물을 꿰뚫어 보게 해 줄 엑스레이와 같은 도구는 무엇일까요?

그것은 리서치(research)입니다. search에도 '찾다'는 뜻이 있는데, 여기에 반복이라는 뜻의 're-'를 붙이면 찾은 것에 대해 또 찾아본다는 뜻이 돼요. Research에도 만족하지 못하면, re-research해 보라고 권하고 싶습니다. 그래야 이미지 속에 층층이 스며있는 기억을, 혹은 그 배후에 숨겨져 있는 사연을 파헤쳐 의미를 꿰뚫어 볼 수 있게 될 테니까요.

백정기, 〈악해독단〉, 2016, 벽돌, 바셀린, 화강암, 혼합재료, 560 x 400 x 400cm
출처: 삼성미술관 리움 《아트스펙트럼 2016》展 도록, 2016

었어요. 그런데 최근에 가보니, 그곳은 더 이상 돌보지 않아서 아무도 그 터가 원래 무슨 용도로 쓰였는지 알지 못했다고 해요. 심지어 바비큐 그릴을 놓고 불을 피워 고기를 구워먹는 장소로 변해 있었습니다. 물과 관련된 장소가 하필 물과는 상극인 불의 장소가 되어 있다니요!

백작가는 터의 본뜻을 기리는 기념비를 만들면서 벽돌과 벽돌 사이에 시멘트 대신 바셀린을 발라 붙였어요. 벽돌 사이로 노랗게 보이는 것이 바로 바셀린입니다. 피부가 건조해졌을 때 살이 트지 않게 바셀린을 바르곤 하지요? 불에 덴 화상에도 바셀린을 발라요. 바셀린은 물기를 촉촉하게 유지하는 데 도움을 주니까요. 기우제단의 물기를 말라버리지 않게 하고 상처를 낫게 한다는 의미라고 할 수 있지요.

현대미술작품 중에는 동일한 시간과 공간을 살아가는 사람들만

이 고개를 끄덕거릴 만한 사회적 내용을 다루는 게 있어요. 그런 작품은 요즘 벌어지는 각종 사건들을 함께 경험하고 견뎌낸, 비슷한 마음의 눈으로 세상사를 짚어낼 줄 알아야 메시지를 술술 풀어낼 수 있습니다. 이미지로 글쓰기는 본 것에서 단서를 얻어 작성하기 시작하지만, 결코 본 것에만 머물지 않지요. 방대한 상식과 풍부한 상상력, 그리고 직·간접적인 다양한 경험을 동원하여 이미지의 안과 밖을 들락거리며 작업해야 한답니다.

2

오래 쌓여온
상징성을 추적하기

종교에서 유래한 상징

글이든 이미지이든 직접 경험하지 않은 것에 대해 연상하는 일은 쉽지 않습니다. 물론 여러 예술가들이 이미 작업한 것들을 참고로 할 수는 있지요. 지옥을 예로 들어볼까요? 르네상스의 대가 미켈란젤로^{Michelangelo Buonarroti, 1475-1564}가 그린 그림 〈최후의 심판〉은 지옥을 주제로 하죠. 그리고 만화를 원작으로 한 영화 〈신과 함께〉^(2017, 2018) 속에도 지옥 장면이 나옵니다. 지옥을 실제로 다녀온 사람은 설마 없겠지만, 이런 작품들 덕분에 우리는 지옥이 어떤 곳일지 머릿속에 떠올릴 수 있어요.

상징은 하루아침에 만들어지지 않습니다.
한 사람이 상상하면 그 위에 다른 사람이 상상한 것이 덧대어지고, 그렇게 해서 상상은 여러 사람들 사이에서 통용되는 의미를 갖게 돼요. 이를 상징이라고 합니다. 상징은 집단이 공유하는 것이므로, 그

제임스 진, 〈셰이프 오브 워터〉, 원본, 2017, 실크
스크린에 글로스, 85.1 x 58.4cm ⓒJames Jean
출처: 롯데뮤지엄, 《제임스 진, 끝없는 여정》展 도
록, 2019

집단 구성원의 정신세계와 깊은 관련을 가집니다. 각 문화의 상징체
계에서 큰 줄기를 이루는 것 중 하나는 종교라고 할 수 있지요.

　상징에 대해 평소에 공부해두면 연상할 때 큰 도움을 받게 돼요.
대만계 미국화가 제임스 진James Jean, b.1979은 동양과 서양의 오래된 상
징들을 디지털 시대의 감각으로 혼합하여 전 세계 미술인들을 사로
잡고 있는 예술가예요. 진의 작품은 어디서 본 듯 낯설지 않으면서
환상적인 분위기가 풍겨서 호기심을 갖게 만들어요. 2017년에는 3
명의 영화감독들로부터 포스터를 그려달라는 주문을 한꺼번에 받
을 정도로 대중적 인기가 높았어요. 그 영화 포스터 중 하나가 〈셰
이프 오브 워터〉입니다.

'셰이프 오프 워터'를 우리말로 바꾸면 '물의 모양'인데요. 물을 생명체로 바꾸어 표현하면 어떤 모양이 될지 눈을 감고 상상해 보세요. 물은 사람의 마음속에서 일어나는 감정의 상태와 가장 가깝다고 합니다. 호수처럼 잔잔한 마음도, 폭풍우처럼 화가 난 마음도 모두 물과 관련된 이미지를 떠오르게 하니까요. 마음이 꽁꽁 얼어붙어 아무에게도 따스한 사랑을 줄 수 없는 눈의 여왕도 물에서 나온 것이고, 사랑을 이루지 못한 채 물거품으로 사라지는 슬픈 인어공주 이야기도 물과 관련되어 있어요. 물은 액체, 고체, 기체를 넘나드는 신비한 물질이에요. 손으로 잡을 수도 없고, 때론 스르르 녹아버리기도 하고, 볼 수도 없이 공기 중으로 날아가 버리기도 하지요.

이런 물을 보며 사람들은 어떤 상상을 했고, 어떤 상징으로 남아 있을까요? 우리나라에서는 산속 깊은 연못에 커다란 용이 산다고 믿었지요. 산 너머에서 '우르르 쾅쾅'하고 번개와 천둥이 치는 모습을 보며 옛 사람들은 용이 울부짖는 소리일거라고 상상하곤 했습니다. 물을 다스리는 신성한 힘을 지녔다는 그 용은 단비를 내려 온 세상을 촉촉하게 만들어주기도 해요. 하지만 노여울 때는 폭우를 내려 모두 떠내려가게 하고, 가물도록 비를 한 방울도 내려주지 않기도 해요. 〈셰이프 오브 워터〉 영화에 등장하는 물속 생물이 용을 닮은 것은 우연이 아닐 겁니다. 긴 세월 축적되어 온 상징성에서 비롯된 것이지요.

종교적 아름다움에 관해 쓰기

원시신앙과 무속신앙, 그리고 제도권의 종교들은 상징을 통해 개인의 연상체계의 바탕을 이루고 있습니다. 제가 쓴 글을 하나 읽어볼까요? 최종태 (b.1932) 조각가의 작품과 삼국시대에 제작된 금동미륵보살 반가사유상을 연결시켜 본 것입니다.

부처님 오신 날이 가까워오면 거리 곳곳에 등불을 달아 놓습니다. 자그마한 등이 동그란 꽃모양을 하고 있는 것도 있는데, 바로 연꽃 모양이지요. 옛사람들은 연못 위의 연꽃이 밤에는 꽃잎이 오므라들었다가 해가 뜨면 다시 활짝 벌어지는 모습을 신비롭게 여겼어요. 그걸 보면서 꽃이 날마다 새롭게 태어나는 것이라고 믿었습니다.

극락은 연꽃으로 가득한 곳이라고 해요. 그곳에서는 깨달은 자들이 연꽃을 타고 있다고 전해집니다. 삼국시대에 만들어진 〈반가사유상〉을 보세요. 발 한 쪽은 반대편 무릎에 올리고, 다른 쪽의 발은 연꽃 위에 올려놓았지요. 손가락을 볼에 살짝 대고 깊은 생각에 빠진 듯 보이는군요. "무슨 생각을 그리 하세요?" 하고 살짝 물어보고 싶어집니다. 깨달음에 대해서 한마디로 설명하기란 참으로 어려운 일이겠지요. 깨달음은 그 모습을 쉽사리 드러내지 않으니까요. 그래서 저렇게 내내 고민 중인가 봅니다.

부처도 어느 날 아침에 제자들을 모아 놓고서는 한 시간이 넘도록 한마디 말도 꺼내지 않았습니다. 그러다가 불쑥 연꽃을 들어 보여주었습니다. 모두들 무슨 의미인지 몰라서 웅성거렸지만, 그중 가섭이라는 제자만이 살짝 미

㈜ 〈금동미륵보살반가사유상〉, 삼국시대, 높이 82.9cm, 금동, 국보 78호, 국립중앙박물관
(우) 최종태, 〈생각하는 사람〉, 2012, 대리석, 70 x 27.5 x 43.2cm
출처: 국립현대미술관 과천관, 〈최종태〉展 도록, 2015

소를 짓습니다. 부처는 가섭에게 연꽃을 건네며, "나는 단순히 꽃만을 주는 것이 아니다. 향기와 빛을, 나의 모든 깨달음을 함께 전하노라"하고 말했어요. 가섭은 부처의 뜻을 침묵 가운데 이미 마음으로 알았기에, 연꽃만 보고도 미소를 지을 수 있었던 거예요.

오른쪽 작품은 조각가 최종태의 소녀상입니다. 한 소녀가 손을 턱에 괴고 평화로운 표정으로 말없이 상념에 잠겨 있습니다. 새하얀 돌로 만들어진 소녀는 시끌벅적한 세상에 유일하게 고요한 존재이자, 때 묻지 않은 순수한 정신을 대표하는 것 같아요. 이것을 반가사유상과 비교해 보세요. 턱을 괴고 생각에 젖은 그 온화한 자태가 최종태의 소녀상에서도 어딘가 모르게 느껴지지 않나요?

실제로 젊은 시절 최종태는 이 반가사유상을 보고 고귀한 아름다움의 세계에 빠져들게 되었다고 합니다. 그는 자신이 이상적인 아름다움을 추구하는 사람이라고 말하지요. 그리고 그 아름다움이란 반드시 눈에 띄게 행동으로 나타나지 않더라도, 우리가 숨을 쉬는 것처럼 정신 어딘가에 분명히 살아 있다고 믿었습니다. 어쩌면 인간은 끝없이 아름다움을 추구하기만 하다가 죽게 될지도 모르지만, 설령 그렇다고 해도 어리석지는 않다고 그는 자부합니다. 아름다움이란 탐구하다가 도중에 실패로 마감한다 해도, 본인 스스로는 물론이고, 세상에도 해로울 게 하나도 없기 때문이지요.

언젠가 그는 공자가 말한 회사후소繪事後素, 즉 그림을 그리려면 흰 바탕이 먼저 있어야 한다는 말을 꺼낸 적 있어요. 이 말은 겉만 번지르르한 형식보다는 속을 이루는 정신성이 작업의 바탕이 되어야 한다는 뜻이에요. 인체를 만들지만 그것을 통해 인간 마음의 고요한 상태를 표현하는 것이지요. 그리고 그 경지를 아름다움의 최고점으로 보고 있는 것입니다.

최종태는 장승이나 불상, 그리고 성모상처럼 신앙을 가진 사람들에게 힘이 되어주는 이미지에 관심이 많았어요. "위대한 예술작품은 종교적인 품격을 갖추고 있다"라고 그는 말해요. 그래서 불교사상도 공부해 보고, 민속신앙에도 관심을 가져봤습니다. 나중에는 천주교 신자가 되었지요.

중학교 시절에는 빅토르 위고가 쓴 《레미제라블》을 읽었는데, 그 책 속에서 주인공들이 보여주는 사랑에 큰 감동을 받았습니다. 무엇보다 사람을 향해 헌신하는 모습이 참으로 아름답게 느껴졌어요. 최종태는 만일 사람에게 종교적인 마음이 없다면 인간이 인간을 그토록 아끼는 일은 불가능하지 않을까 생각했어요. 이후로도 그는 아름다움을 표현하기 위해 종교란 무엇인가에 대해 늘 고민하며 살았습니다. 그리고 삶과 예술 그리고 종교가 만나는 지점을 찾기 위해 부단히 노력해 왔지요.

최종태가 표현하는 인간은 일상이라는 별의별 잡다한 이야기를 지닌 개개인이 아닙니다. 기독교이든 불교이든, 또는 이슬람교이든, 무슨 종교이든 구애됨 없이, 초월적인 존재에 다가가려고 노력하는 인간의 모습이죠. 작가는 지난날들을 회고하면서, 사람은 누구나 혼자서 해낼 수 있는 의지가 있지만, 어느 단계에서는 절대자에게 기댈 수밖에 없는 때가 있다고 인정합니다. 아마 그래서 꾸준히 기도하는 겸허한 마음을 평생의 예술적 주제로 삼은 듯해요. 최종태의 조각상에는 아름다움을 향해 늘 마음을 하나로 모아왔던 작가 자신의 모습이 깃들어 있습니다.

복을 기원하는 상징

길상은 도교와 관련되어 있습니다. 도교에서는 자연 속에서 평화롭게 오래오래 사는 것을 최고의 삶으로 꼽았어요. 도교는 중국에서 유래하였지만, 한국 고유의 기복祈福: 복을 빎 신앙과도 통하는 것이 많았어요. 조선시대에는 유교를 왕실의 공식 통치 이념으로 삼았지만, 화가들은 왕의 개인적인 장수와 복을 빌기 위해서 도교적인 그림도 자주 그리곤 했습니다. 밤하늘의 별들이 우리 집을 보살펴준다거나, 해와 달, 산과 나무가 우리 마을을 지켜준다고 믿는 마음은 도교의 무위자연無爲自然: 자연의 섭리에 따라 순조롭게 살아가는 것 사상과 잘 어우러졌습니다.

길상은 서민 취향의 자유로운 그림인 민화民畵에서 자주 볼 수 있습니다. 주로 방을 장식할 목적으로 그려진 민화는 누가 보아도 무엇을 그린 것인지 무슨 뜻인지 쉽게 알아 볼 수 있어요. 반드시 공식적으로 미술 교육을 받지 않아도 감각이 있으면 누구나 민화를 그릴 수 있었고, 또 정해진 틀과 방식을 굳이 따를 필요도 없었어요. 그래서 민화는 다른 어떤 그림보다 소재가 풍부했어요.

우리나라 사람들은 때 묻지 않은 흰색을 고결하다고 생각하면서도, 다른 한편으로는 색동의 즐거움도 실컷 누렸습니다. 선비들이 흰 종이 위에 검은 먹으로 그린 수묵화에서는 곧고 깨끗하며 여유로운 아름다움이 느껴지는 반면, 서민들이 자유롭게 표현한 민화를 보면 뛰어난 색채감각과 흥취가 매력적으로 다가오지요.

조선은 신분과 나이와 성에 따른 차별이 있는 나라였어요. 양반, 어르신, 남자의 취향은 주로 흑백이었고, 여러 색깔은 서민층과 어린이, 그리고 여자가 평소에 즐겼어요. 지금의 우리는 흰색이건 색동이건 각각의 아름다움을 느낄 줄 알지만, 과거에는 선비들의 절제된 취향에만 높은 점수가 매겨져 있었습니다. 최근에는 상황이 바뀌어 미술품 경매장에 가보면 각양각색의 민화가 각광받고 있는 걸 볼 수 있지요.

자, 그러면 민화 속 길상의 동물을 구경해 봅시다. 다음 페이지에 있는 왼쪽 그림을 보세요. 여러 가지 새의 특징들이 한 몸에 섞여있는 새가 등장합니다. 닭처럼 생긴 머리에 공작의 꼬리를 하고 있어

복을 기원하는 이미지

상징 중에서는 꽃, 과일, 물고기, 새, 동물, 글자, 인물 등 두루 좋은 뜻을 기원하는 내용물이 많은데요. 저마다 나쁜 운을 쫓아내고 오래오래 풍요롭고 행복하게 살라는 마음이 깃들어 있습니다. 이렇듯 복을 기원하는 이미지를 길상(吉祥)이라고 해요.

요. 더욱 흥미로운 것은 눈의 생김새입니다. 새의 눈은 보통 동그랗고 눈의 흰자위가 겉으로 안 보이는데, 이 새는 마치 사람처럼 옆으로 눈이 길쭉하고 까만 눈동자까지 있군요. 사람의 눈을 가진 이 독특한 새가 바로 평안하고 좋은 시절에만 나타난다는 상상 속의 봉황입니다. 붉은 해가 떠있는 곳을 배경으로 봉황가족이 평화로운 한때를 보내고 있어요.

오른쪽 그림을 볼까요? 왼쪽 위에는 하얀 구름 사이로 새파란 하늘이 드러나 있고, 오른 쪽에는 파란 바위 사이로 하얀 물이 흘러내리고 있습니다. 이 아름다운 장소에 눈에 띄는 동물이 있네요. 얼굴은 용처럼 생겼고, 머리 가운데엔 서양의 유니콘처럼 뿔이 솟아있으며, 발굽은 말의 것처럼 보이고, 몸통은 파랑과 노랑 등 원색으로 칠해져 있어요. 이것 역시 길상으로 상상의 혼성동물, 기린입니다.

기린 가족이 복숭아나무 밑에서 노닐고 있어요. 복숭아가 탐스럽게 익어, 하얀 볼에 분홍빛 입술을 내민 듯 어여쁜 얼굴로 나무에

(좌) 〈봉황도〉, 19세기, 종이에 채색, 73 x 61.5cm
(우) 〈기린도〉, 19세기 후반, 종이에 채색, 141.5 x 235cm
출처: 가나아트센터, 《길상吉祥: 우리 채색화 걸작》展 도록, 2013

달려 있습니다. 이 복숭아도 보통의 것일 리가 없지요. 과장이 심한 듯 들리겠지만, 삼천 년에 한 번 열매를 맺는다는, 그래서 삼천 년 넘게 사는 신선만 먹을 수 있다는 복숭아입니다. 신선들의 잔치에 가서 그 복숭아를 얻어먹으면 평생 늙지 않고 오래 살게 된다고 해요.

길상은 이미지인데, 이를 언어로 바꾸어 표현하면 덕담德談이 됩

작자미상, 〈까치와 호랑이〉, 19세기, 종이에 채색, 72 x 59.4cm, 개인소장

니다. 새해 해가 뜰 때에 사람들은 덕담을 주고받습니다. 한 해 동안 아무런 병 없이 건강하기를 바라는 마음, 이번엔 꼭 열심히 노력하여 성공하기를 바라는 마음, 그리고 집안에 좋지 않은 걱정거리가 드리우지 말았으면 하는 마음을 서로 나누는 거예요. 전 세계적으로 해가 바뀔 때에는 새해를 뜻하는 그림에 덕담을 짤막하게 써서 그림이 있는 연하장을 보내곤 하지요. 서양의 신년카드에는 성탄절 감사와 신년 인사가 함께 묶여 있습니다. 과거 우리나라의 경우 대표적인 새해그림 중의 하나는 〈까치와 호랑이〉랍니다.

위 그림을 보세요. 이빨은 날카롭지만 그다지 무서워 보이지는 않는 재밌게 생긴 호랑이가 가운데에 앉아 있어요. 눈은 툭 불거지게 크고 발은 양말을 신은 듯 뭉툭하군요. 호랑이 그림을 집에 걸어놓으면 그 집에는 나쁜 일이 생기지 않는대요. 옛 사람들은 호랑이가

집을 지켜주기 때문에 불행한 일들이 절대로 집 근처에 얼씬대지 못한다고 믿었거든요. 호랑이 머리 근처로 까치가 날아와서 재잘거리고 있습니다. 까치는 기쁜 소식을 전하러 오는 새라고 여겨졌어요. 아침에 까치가 마당에 날아들면, 어르신들은 이렇게 말씀하시지요. "오늘은 무슨 기쁜 소식을 듣겠구나." 〈까치와 호랑이〉에는 근심 없이 흐뭇한 일이 가득하기를 바라는 마음이 담겨 있습니다. 새해 첫날에 대문에 붙여놓기도 하고 방에 걸어놓기도 했던 덕담 같은 그림이지요.

함께 생각해 봐요

새해에 복을 바라는 마음은 세계 어느 곳에나 똑같지만, 복을 기원하는 이미지는 조금씩 다르답니다. 여러 나라의 연하장을 살펴보고, 축복하기 위해 주고받는 이미지로는 어떤 것들이 있는지 살펴봅시다.

신화, 설화, 고사와 관련된 것

동서양을 막론하고 그림 중에는 이야기를 바탕으로 하거나, 이야기 속 소재에서 영감을 받은 것이 많습니다. 가령 그리스문화 Hellenism에 바탕을 둔 서유럽의 경우에는 그리스로마 신화 그림이 익숙하고, 우리나라의 경우는 한자 문화권에 속해 있어서 중국의 고사에서 유래한 그림이 다수를 차지해요.

다음 그림의 제목은 〈고산방학도 孤山放鶴圖〉로, 방학 放鶴, 즉 학을 놓아주어 훨훨 날도록 해준 흐뭇한 이야기를 그린 것입

조세걸, 〈고산방학도〉, 17세기, 종이에 수묵담채, 40.2 x 30.4cm
출처: 이화여자대학교박물관, 《미술과 이상》展 도록, 2014

니다. 중국 송나라 시대의 임포가 주인공인 그림인데요. 임포는 홀로 열심히 공부하여 높은 경지의 배움에 도달한 뒤에는 고산에 들어가 조용하게 지내기로 결심했어요. 사람들 사이에서 복잡하게 사는 삶이 자신에게 어울리지 않는다고 생각한 그는 매화를 부인으로 삼고 학을 아들로 삼아 평생을 향긋하고 우아하게 살았다고 합니다. 그림에서 지팡이를 든 나이 지긋한 사람이 임포입니다. 시중드는 아이가 학에게 잘 가라고 손을 흔들자, 학은 뒤를 돌아보며 마치 작별인사라도 하듯 아쉬워하네요. 임포의 학은 풀어 주면 하늘을 신나게 날다가 얼마 후엔 반드시 다시 돌아왔다고 합니다. 훈련을 시킨 것도 아닌데 말이지요.

임포처럼 학을 키우는 사람은 품격 있는 취미를 지녔다고 말해지기도 했답니다. 그러나 학을 좋아할 마음의 자세가 되지 못한 사람도 있었어요. 중국 위나라의 의공이 그 예일 겁니다. 학을 너무도 좋아한 나머지 그의 뜰에는 백 마리가 넘는 학이 닭장 속에 갇힌 닭처럼 북적대고 있었지요. 사람 타는 수레에 학을 대신 태우는 바람에, 나이 드신 어르신들이 어쩔 수 없이 걸어야 하는 일도 있었대요. 주위의 사람들은 의공의 학 사랑을 보고는 미간을 찌푸렸습니다. 그런가 하면 학을 애완용으로 키운 어떤 이는 학의 깃털을 틈틈이 잘라 도망가지 못하게 만들기도 했다는군요. 아름다운 학이 오직 자신의 뜰에서만 걷기를 바랐던 것이지요. 오리처럼 잘 날지도 못하고 뒤뚱거리며 푸드덕대는 학이 가엾지 않았을까요?

학을 놓아준다는 건, 떠나보낸다는 뜻이지요. 임포에게는 아들과도 같은 학이었으니 더욱 허전하여 떠나보내기 어려웠을 겁니다. 하지만, 그는 비록 학이 곁에 없더라도, 학이 드넓은 하늘아래 자유를 마음껏 누리며 살기를 바랐어요. 어쩌면 그 학의 날개 위에 자신의 마음을 둥둥 실어, 함께 훨훨 날며 자유로워지고 싶었는지도 모르지요.

이야기에서 유래한 그림은 아니지만, 그림과 어울릴만한 다른 이야기를 글에 끌어들일 수도 있습니다. 다음 그림은 조선후기의 화가 김홍도의 〈마상청앵〉인데, 지나가던 선비가 나무 위에 앉은 새를 올려다보는 장면입니다. 여기 나오는 새는 꾀꼬리네요.

어느 화창한 날에 젊은 선비가 말에 올라 봄을 찾아 나섰다가 길가에서 무언가를 발견한 것 같아요. 그것은 파릇파릇 돋아난 버드나무 새싹과 늘어진 그 가지 위로 정겹게 대화를 나누고 있는 꾀꼬리 한 쌍이었어요. 인간이 가장 동경하는 동물이 무엇인지 아

김홍도, 〈마상청앵(말 위에서 꾀꼬리 소리 듣다)〉, 18세기, 종이에 옅은 채색, 117.2 x 52cm
출처: 동대문디자인플라자, 《간송문화, 문화로 나라를 지키다》展 도록, 2014

세요? 바로 새입니다. 하늘높이 훨훨 날아오르는 것도 부럽고, 또 암 컷과 수컷이 사이가 좋아 서로 아름다운 소리를 내는 것도 부러우 니까요. 선비는 지금 넋을 잃은 채 꾀꼬리를 바라보며 그 소리에 귀 를 기울입니다. 화가의 친구였던 이인문이 이 그림을 보더니 "아리따 운 사람이 꽃 밑에서 천 가지 소리로 생황(악기)을 부는 듯하다"라고 감상을 달아주었어요. 봄날의 꾀꼬리 소리가 마치 음악회에서 울려 퍼지는 화음처럼 감동적이었던 모양입니다.

〈마상청앵〉은 고사에서 직접 소재를 따온 그림은 아닙니다. 하지 만 봄이라는 계절은 아무리 좋다 해도 붙잡아두고 영영 곁에 둘 수 는 없다는 얘기를 해 보려고 꾀꼬리와 관련된 옛 이야기 하나를 다 음과 같이 접목시켜 마무리해 봤어요.

꾀꼬리 소리를 날마다 내 방 창가에서 들을 수 있다면 얼마나 좋 을까 하고 생각했던 옛 중국의 황제가 있었어요. 봄이면 황제의 방 으로 황금꾀꼬리가 종종 날아들어 너무나 아름다운 목소리로 노래 하곤 했습니다. 황제는 그 새가 어디론가 날아가 버리고 다시는 오 지 않으면 어쩌나 하는 걱정에, 새를 얼른 잡아 새장에 넣어 가두었 어요. 그리고는 혼자 몰래 꺼내보면서 "나를 위해 어여쁜 목소리로 노래해다오" 하고 청했어요. 그런데 이게 어찌 된 일일까요?

새장에 갇힌 꾀꼬리는 더 이상 그 누구를 위해서도 노래를 부르 지 않았답니다.

아무리 좋아도 가두어두거나 멈출 수 없는 것이 꾀꼬리 말고 또 있습니다. 그것은 바로 김홍도 그림 속에 찾아든 봄이라는 계절이 에요. 모든 계절의 변화가 신비롭지만, 봄은 정말이지 기적과도 같아요. 사람들도 어른 아이 할 것 없이 봄에는 마음이 설레고 들뜬답니다. 그래서 이 축복받은 계절을 즐기고 예찬하는 모임을 가지거나 날씨 좋은 야외로 나들이를 가곤 하는데, 이를 상춘賞春이라고 해요. 상춘은 봄을 몰래 숨겨놓거나 혼자만 품으라는 뜻이 결코 아닙니다. 봄 기운을 여러 사람들과 나누며 기쁨을 함께 누리는 풍류랍니다.

이미지와 이야기를 설득력 있게 맺어주세요

이야기를 시간의 흐름 속에 실어 보여주는 영화와 달리 그림은 하나의 장면에 이야기를 압축적으로 담아내고 있습니다. 그렇기 때문에 이야기가 깃든 이미지에 관해 글을 쓸 때에는 이야기 따로 이미지 따로 되지 않도록 전체 이야기와 주어진 장면의 묘사를 매끄럽게 풀어주어야 합니다. 글의 역할은 이야기와 이미지를 설득력 있게 맺어주는 것이라는 것을 명심하세요.

상징의 포인트 뽑아내기

존 워터하우스, 〈세이렌〉, 1900, 캔버스에 유채, 81 x 53cm, 런던 소더비 소장품

서유럽에서는 바다에 세이렌siren이라는 물의 요정이 산다고 믿었어요. 끝이 보이지 않는 바다 한 가운데를 항해하다보면 사람의 소리인지 의심스러울 정도로 생전 처음 들어보는 기막히게 아름다운 노래를 들을 수 있다고 해요. 그 노래에 취해 자기도 모르게 무작정 그쪽으로 배를 돌리면 긴 머리칼의 여인이 바위에 앉아 리라를 연주하며 노래하는 것을 볼 수 있다고 합니다. 호기심에 좀 더 가까이 다가가려고 애쓰다가는 엄청나게 세찬 소용돌이 속으로 빨려 들어가고 만다는 내용이 바로 세이렌에 얽힌 전설이지요.

빅토리아 시대 영국의 화가 존 워터하우스John William Waterhouse, 1849-1917가 그린 〈세이렌〉을 볼까요. 남자는 지금 물에 빠져 허우적대면서, 바위에 앉아 있는 여인에게 다가가려고 애쓰는군요. 여인은 무릎 아래로 물고기의 몸을 가지고 있는 것이 슬며시 드러나요. 사람을 죽음으로 이끄는 치명적인 리라 연주자인 그녀는 세이렌입니다.

이런 이유로 세이렌은 남자의 인생을 망치는 요부, 팜파탈femme fatale로 불리며 미움받게 됐어요. 하지만 신화를 한 겹 더 파고들어가보면, 세이렌의 존재는 남녀 대립의 구도에서 나왔다기보다는 죽음에 대한 인간의 두려움과 연관되어 있다는 걸 알게 됩니다.

동화작가 안데르센은 세이렌에 대해 전해지는 신비한 전설을 바탕으로 《인어공주》를 썼다고 해요. 동화 속에서 사람이 되기를 간절히 바라는 인어공주가 이렇게 묻지요. "인간은 어떤 존재인가요?" 그러자 유모 인어가 이렇게 대답해 줍니다. "우리 인어는 한 번 태어나면 늙지 않고 200년을 넘게 살지만 인간은 우리의 반도 살지 못하지. 하지만 인간에겐 우리가 가질 수 없는 영혼이라는 게 있단다. 그것은 죽어도 죽지 않는 거란다."

원래 세이렌은 아름다운 노래를 들려주며 죽은 이의 영혼을 하늘로 모셔가는 천사였다고 합니다. 인어가 아니라, 반은 새이고 반은 사람의 몸이었다고 전하지요. 세이렌이 인어로 바뀌고, 유인한다는 전설이 덧붙은 것은 바다의 속성과 관련되어 있지 않을까요? 아마도 먼 바다로 배를 타고 나가서 소식을 알 수 없게 되어 버린 어부들이 많아지면서 생겨났을 겁니다. 평소엔 잔잔한 바다일지라도 물살에 빨려들면 아무리 애써도 빠져나올 길이 없습니다. 그런 바다의 속성을 세이렌의 유혹으로 빗대어 설명한 것이겠지요.

의인화하고 있는 것을 찾아보세요

그리스로마 신화에서는 계절의 속성과 자연의 섭리를 사람에게 벌어지는 일들로 대신 설명해 주는 방식을 취하는데, 이런 것을 '의인화'라고 부릅니다. 유럽의 옛 그림에서 그리스로마 신화가 소재로 다루어지면 무엇을 의인화하고 있는지 먼저 찾아내어 글의 주제로 삼는 것이 좋아요.

3

모티프를 핵심어로
발전시키기

1차 모티프

모티프motif란 이야기를 구성하는 중요한 요소나 단위를 뜻하는 말로 화소話素라고 번역할 수 있어요. 물론 이미지에도 모티프가 있어요. 미술가가 그림의 주제를 부각시키기 위해 주된 소재로 삼은 것이 이미지의 1차적인 모티프이지요. 곤충을 모티프로 한 그림을 예로 들게요.

조선후기의 화가 조정규1791-?가 그린 그림입니다. 매미 한 마리가 나무에 붙어 있죠? 매미는 여름에 볼 수 있는 곤충이니, 이 그림은 우선 '어느 한여름'을 나타낸 것이라고 할 수 있습니다. 여름

조정규, 〈매미〉, 19세기, 종이 위에 엷은 색, 22.1 x 9.1cm, 서울대학교박물관

은 인생으로 치면 한창때이지요. 그 외에 화가는 무슨 생각을 하며 매미를 그렸을까요?

먼저 매미의 행동에 대해 생각해 봅시다. 매미는 할 말이 많은 곤충입니다. 숨도 쉬지도 않는 듯 왱왱 외쳐대는데 도대체 무엇이 그리 억울한지, 누구에게 저토록 하소연하고 있는지 참으로 기막힐 일입니다. 저리도 다급하게 소리쳐대는 걸 보니, 올 여름이 가기 전에 꼭 전해야 하는 말인 것은 틀림없나 봐요. 우리는 할 말을 다 못하면 다음 기회에 하면 되지만, 매미에겐 시간이 없거든요. 단 한 계절, 오직 여름만이 주어져 있을 뿐이니까요. 화가는 매미에 빗대어 인간의 삶에도 시간은 한정되어 있다는 것을 말하려는 것 아닐까요?

그러면 이번엔 매미의 생애에 대해 살펴볼까요. 매미는 아주 오래도록 땅 속에서 애벌레로 지냅니다. 어두운 땅 속에서 아무 말 없이 바깥으로 나갈 때를 기다리지요. 그동안 몸이 자라나서 몇 차례나 옷을 갈아입으면서 말입니다. 사람이 중학교와 고등학교에 들어가서 공부를 마치는 6년 정도를 매미는 꼬박 땅 속에서 견뎌내지요. 그리고 졸업식을 위해 여름 어느 날 슬그머니 땅을 뚫고 나오는 겁니다. 그리고 땅 속에서 입었던 낡은 옷을 벗어던지고 멋지게 날개 달린 졸업 가운으로 갈아입지요.

그토록 긴 세월을 오직 빛나는 이 날을 위해 기다리고 또 기다린 매미는 목 놓아 마음껏 외쳐봅니다. "거기 누가 없어요? 내 노래를 들어보세요. 지금 놓치면 다시는 들을 수 없을 걸요. 이것이 처음이자 마지막으로 불러보는 노래랍니다." 매미가 땅 속에 묻혀있는 것이 아니라, 바깥 세상에 나와 있는 그림이니, 조정규의 매미 그림은 출

정선, 〈소나무 숲의 가을 매미〉, 18세기, 비단에 엷은 색, 21.3 x 29.5cm, 간송미술관

세世와 관련되어 있겠네요. 출세란 세상에 영광스럽게 이름을 날리거나 높은 자리에 오르는 것을 뜻하지요. 그래서 가장 높은 자리에 있던 임금님은 매미 날개 모양을 한 익선관翼善冠, 翼蟬冠이라는 모자를 썼답니다.

그러면, 처음에 찾아낸 '한창때', '시간의 유한함'과 지금 알아낸 '출세와 권력의 자리'를 연결시키면 이 그림을 가지고 글을 쓸 수 있지 않을까요. 어쩌면 '권력의 시간은 유한하다'가 글의 제목이 될 수 있겠네요.

위 그림 역시 나무에 앉아있는 매미인데, 조정규의 작품보다 조금 앞선 겸재 정선1676-1759의 그림이에요. 봄, 여름, 가을, 그리고 겨울이 와도 늘 한결같은 소나무 위에, 오직 한 계절만 맹렬하게 살다가는 매미가 앉아있어 대조를 이룹니다. 소나무가 매미에게 이렇게 말하겠지요. "매미야, 너는 모를 거야. 지난겨울이 얼마나 추웠는지." 그러면 매미가 뭐라고 답할까요? "소나무야, 나 역시 거의 평생을 어두운 땅속에서 견뎠어. 너와 동등하단다."

우리 옛 조상들은 매미를 보면서 참으로 존경할 만하다고 여겼지요. 섣불리 밖으로 나오지 않은 채 참을성 있게 기다릴 줄 아는 곤충이니까요. 그래서 매미를 결코 함부로 죽이지 않았다고 해요. 정선의 이 그림은 어느 선비의 방에 걸려 있었습니다. 그 선비는 그림을 보면서 소나무의 한결같음과 매미의 덕망에 가까이 가고자 노력했을 거예요. 정선의 그림으로 글을 쓴다면 글의 주제는 '겸허'가 어떨까 싶습니다. 이렇듯 비슷해 보이는 그림에 똑같은 모티프일지라도 그 모티프에게서 어떤 속성을 찾아내느냐에 따라 전혀 다른 분위기의 글이 나옵니다.

팁을 하나 더 드리자면, 모티프에 관련하여 사람들의 평소 생각이라든가 화가의 관심사를 에피소드로 엮어주면 글이 풍부해질 수 있어요. 제가 쓴 글을 예로 들어 볼게요. 이번엔 꽃을 모티프로 하는 옛 그림입니다.

봄을 알리는 꽃 중에 매화는 우리 선조들이 가장 좋아한 꽃이죠. 추위가 미처 가시기도 전에 새하얀 꽃망울부터 터뜨려 많은 사람들의 마음을 설레게 하는 꽃이니까요. 옛 선비들은 매화를 덕망이 높은 군자君子의 모습 중 하나라고 여겼어요. 이른 봄추위를 맨 처음 뚫고 피어난 용감한 매화를 사회를 이끌어갈 리더에 비유한 것이겠지요. 그들은 매화를 가까이 하면서 그 의연한 자태를 닮고자 했습니다. 매화 그림을 그린 병풍을 방에 둘러놓고, 매화 시를 새긴 벼루를 쓰고, 틈틈이 향기로운 매화차를 마시곤 했지요. 어디 그뿐인가요? 달빛 아래 핀 매화를 보며 친구를 불러 매화 술을 즐기기도 했습니다. 술잔이 오갈 때마다 매화에 관한 시도 주거니 받거니 번갈아 읊었겠지요. 퇴계 이 황은 돌아가시기 직전에 "저 매화에 물을 주라"는 말을 마지막으로 남겼다고 해요. 살아있는 끝까지 매화의 모습을 닮고자 했기에 그런 유언을 남긴 것이 아닐까요.

여기까지는 매화에 대한 사람들의 평소 생각과 일반적인 이야기로 글머리를 삼은 것입니다. 뒤이어 자연스럽게 매화를 그린 화가들을 소개했지요.

화가 중에서는 김홍도의 매화 사랑을 그냥 지나쳐버릴 수 없지요. 아들의 수업료를 내지 못할 정도로 생활이 어려울 때에도 김홍도는 쌀과 땔감을 사는 대신 희한하게 생긴 매화를 보고 반해 그 화분을 샀다고 전해집니다. 덕분에 우리는 그가 남긴 매화 그림을 두고두고 볼 수 있는 셈이지요.

120쪽 왼편의 그림을 보세요. 종이 전체를 연한 먹으로 물들여 놓은 후에, 조개껍데기를 빻아 만든 새하얀 가루로 매화 꽃봉오리를 칠했습니다. 흐드러지게 넘치도록 피어 가지의 모양새를 모두 덮어버리는 보통의 꽃들과는 달리 매화는 가지의 뼈대를 그대로 드러냅니다. 워낙 자신만만하여 무엇 하나 감출 것이 없는 팔방미인 같이 말이죠. 그러나 매화의 진짜 품위는 결코 모자라지지도 않고 또

(좌) 김홍도, 〈백매〉, 종이에 엷은 채색, 80.2 x 51.3cm, 간송미술관
(우) 오가타 고린, 〈홍백매도병풍〉의 홍매부분, 금종이에 채색, 시즈오카현 아타미미술관

지나치지도 않는 그 절제의 지점에 있습니다. 특히 김홍도의 그림에서는 풍부한 여백으로 인해 단아한 매화 한 그루의 절제미가 한결 돋보이는 것 같습니다.

이번에는 느낌이 다른 매화 그림을 보여드릴게요. 오른쪽 병풍 그림은 옛 일본의 화가인 오가타 고린이 그린 붉은 매화인데 황금을 바른 종이 위에 그린 것입니다. 가운데에는 짙은 푸른색 물줄기가 금색 무늬를 이루면서 굽이치고 있습니다. 김홍도가 그린 흑백의 매화와는 달리 찬란한 모습의 매화를 보여주고 있습니다. 몇 번이나 꺾이면서 올라가는 매화 가지의 아름다움은 고린의 그림 속에서도 잘 나타나요.

고린은 아주 부유한 어린 시절을 보냈습니다. 그러나 사치스러운 생활로 인하여 젊은 나이에 모든 재산을 써버리고는 곧 빚더미에 둘러싸이고 말았어요. 화가로서의 삶을 시작했을 때는 빚을 갚느라 집과 보물들을 다 써버리고 아무 것도 남지 않았을 무렵이었어요. 하지만 여전히 고린은 그 어떤 부자보다도 세련된 감각을 지니고 있었습니다. 어느 날 부자인 친구들과 꽃놀이를 갔을 때의 일인데요. 점심때가 되자 모두들 호화로운 나전칠기 찬합에 담긴 도시락을 꺼냈습니다. 그런데 고린의 도시락은 대나무 껍질에 싼 초라한 주먹밥뿐이었어요. 하지만 대나무 껍질을 서서히 풀자, 그 안에 손수 금박으로 그린 화려한 꽃이 조금씩 모습을 드러냈지요. 겉으로는 전혀 멋을 내지 않은 채, 안쪽에 멋을 숨겨놓은 것이었지요.

김홍도의 매화가 절제미의 극치라면, 고린이 해석한 매화는 눈부신 찬란함이 주는 감동 그 자체라고 할 수 있습니다. 마치 대나무 껍질을 걷어낸 후 금박의 꽃이 드러나듯, 어두침침한 긴 겨울을 깨는 눈부신 봄의 빛을 표현한 것이지요.

그림 속에는 개, 고양이, 말, 꽃, 나무, 나비 등 동식물과 곤충이 자주 등장합니다. 그런 것들을 모티프로 삼아 글을 쓸 때에는 다음의 질문을 던져 보세요.

❶ 그것은 어느 계절의 속성과 관련되어 있나요?

❷ 그것의 습성이나 생물학적 속성은 어떤가요?

❸ 사람들은 그것에 어떤 편견을 갖고, 어떤 의미를 부여하게 되었나요?

❹ 화가는 평소에 왜 그것에 관심을 갖고 눈여겨보았나요?

환상과 허구의 모티프

화가는 무언가를 꼼꼼히 관찰하고, 그 기억을 바탕으로 그림을 그리지요. 바라본 세상을 있는 그대로 그리지만은 않습니다. 어떤 장면을 볼 때 머릿속에 떠오르는 상상을 마치 사실인양 그려 넣기도 해요. 상상의 종류는 다양해요. 말도 안 되는 상상도 있지만, 가끔은 너무나 그럴듯하게 들려서 현실인지 의심스러운 상상도 있지요.

예를 들어 어떤 사람이 무릎을 다쳤어요. 이유를 물어보니, "길을 가는데 누군가 나를 쫓아오는 것 같았어요. 무서워서 정신없이 달리다가 그만…"이라고 했어요. 대답만으로는 상상인지 현실인지 확인할 길이 없지요? 꽤 그럴듯하니까요. 여기서 그럴듯하다는 말은 <u>잠들지 않은 상태에서, 즉 꿈이 아닌 일상에서 그 일이 얼마든지 일어날 수 있다는 뜻이지요. 그걸 개연성이라고 부릅니다.</u> 만일 그 사람이 이렇게 대답했다면 어떨까요? "갑자기 겨드랑이가 가렵더니 날개가 솟아나고 몸이 두둥실 떠올랐어요. 깜짝 놀라 발을 버둥거리다가 넘어지고 말았어요." 누가 들어도 개연성 없는 상상이라는 걸 바로 알겠지요?

(좌) 바렌드 블랑커트Barend Blankert, 〈두 소년이 있는 실내〉,
캔버스에 아크릴물감 및 유화물감, 188 x 210cm, 1983-88
출처: 서울대학교미술관《네덜란드의 마술적 사실주의-전통부터 현대까지》展 도록, 2012
(우) 조르주 쇠라, 〈아스니에르에서 수영하는 사람들〉, 1883-84,
캔버스에 유채, 202 x 300.3cm, 내셔널 갤러리, 런던

왼쪽 그림을 보세요. 어딘지 모르게 수수께끼 같은 분위기가 납니다. 실제처럼 그럴듯해 보이는 상상이 그림 속에 숨어 있기 때문이에요. 열린 문을 통해 구부정하게 앉아 있는 남자와 양손을 입에 대고 무슨 소리를 내는 소년이 보이네요. 두 사람은 실제 인물일까요? 이상하게도 이 둘을 어디서 마주친 것 같은 기분이 드네요. 흠, 어디서 봤을까? 그렇군요. 오른쪽 조르주 쇠라George Seurat, 1859-1891의 그림에서 본 적 있어요. 강가에 있던 사람들을 이렇게 방안에 들여다 놓으니, 친숙한 것 같기도 하고 또 낯설기도 한걸요. 어디까지 그림이고 어디서부터 진짜인지 혼돈스러워지는 순간이지요.

그림과 그림 아닌 것을 나누는 경계는 무엇일까요? 보통은 액자이지요. 액자 안은 그림이고 액자 바깥은 우리의 일상이니까요. 그런데, 위의 그림에서는 인물들이 액자 밖으로 나와서 다른 그림 속의 주인공이 되어있네요.

그림 속 풍경에는 실제로는 어디에도 없는 장소가 들어 있는 경우도 있습니다. 이미지의 모티프가 현실 세상에서 직접 눈으로 확인하기 어렵거나 실체가 없는 환상, 또는 실제로 존재하지 않는 허구의 것을 다루기도 한다는 거죠. 이를테면 파라다이스나 유토피아를 예로 들 수 있어요.

16세기에 영국의 토머스 모어Thomas More가 쓴 책의 제목이 《유토피아》입니다. 유토피아는 그리스어에서 유래한 말로 '어디에도 없는 곳'이라는 뜻이지요. 이 책의 내용은 앞의 반은 영국의 현실에 대해 비판적으로 씌어있고, 뒤의 반은 어느 살기 좋은 나라에 대한 상상으로 이루어져 있어요. 이 뒷부분이 바로 존재하지 않는 상상의 섬나라, 유토피아랍니다.

모어는 책 속에서 유토피아를 직접 가보지는 못하고, 그곳에서 살다왔다는 라파엘이라는 사람을 만나 이야기를 듣게 돼요. 수염이 길고 햇볕에 검게 그을린 라파엘은 유토피아가 어떤 곳이냐는 모어의 질문에 이렇게 답해줍니다. "그곳에는 먹을 게 풍부해서 굶주리는 사람이 없고, 미래를 위해 경쟁하듯 돈을 벌 필요도 없어요. 그래서 시민들은 적당히 일하고 나머지 시간에는 독서나 취미를 즐긴답니다." 모어가 묘사하는 유토피아는 현실의 삶에 무척 가까운 것 같아요. 다만 현실 속에서 벌어지는 고통스런 경험을 그곳에서는 겪지 않을 뿐이지요.

현대미술에도 어디까지가 실제이고 어디서부터 상상인지 우리에게 게임을 하는 것 같은 작품들이 많습니다. 현실과 상상은 아주 비슷하면서도 애매모호하게 달라서, 한 끗 차이라고 할 수 있어요. 우

정연두, 〈Location #12〉, 2006, 122 x 155cm, c-print
출처: 서울대학교미술관, 《포스트모던 리얼》展 도록, 2017

리가 살고 있는 세상 속에는 사실만 있는 것이 아니라 환상과 허구
가 뒤섞여 있지요. 어떤 예술가는 작품을 통해 그런 이야기를 슬며
시 꺼내곤 합니다.

예를 들어 위 디지털 사진작품에서는 두 남녀가 자동차를 타고
초원을 달리고 있는데, 어딘지 모르게 조금 어색해 보입니다. 그 이
유는 남자가 자동차를 실제로 운전하고 있는 것이 아니라, 그저 흉
내만 내고 있기 때문이지요. 이 자동차는 영화를 촬영하는 세트장
에 놓여있고, 배경의 초원도 이미지로 처리되어 있답니다.

극작가 셰익스피어는 《맥베스》에서 주인공의 대사를 빌어, 세상은
무대이고 인생은 연극이라고 말한 바 있지요. 이 작품을 선보인 정
연두b. 1969 작가 역시 우리의 인생은 불완전한 세트장과 같다는 생

각을 표현하고 있습니다. 그는 일부러 세트장다운 분위기가 물씬 풍기도록 장면을 연출했어요. 그 장면이 가짜라는 사실을 모두에게 들추어낸 것이죠.

이 사진이 흥미로운 이유는 진짜의 세계가 존재한다는 전제 때문일 겁니다. 진짜가 없다면 가짜를 구경하는 일은 큰 의미가 없지 않을까요. 허구에 대해 이야기할 때 의미가 발생하는 지점은 실제와 허구 사이의 경계라고 할 수 있지요.

현실 속에서 재료 찾기

아무리 환상이나 허구에 관련된 내용이라 할지라도 진짜 현실에서 너무 벗어나 버리면 상상력이 점프할 수 있는 범위가 오히려 줄어들고 말아요. 글 쓸거리도 당연히 부족해지고요. 왜냐면 우리가 가지고 있는 것들은 모두 현실 속 재료들이고, 우리의 체험은 대부분 현실을 근거로 이루어지기 때문입니다.

핵심어 3개 뽑아내기

　전시 리뷰처럼 그림을 보고나서 글을 써야 할 때도 있지만, 거꾸로 글의 주제가 미리 주어지기도 합니다. 기획 특집호에 실릴 원고 청탁을 받는 경우가 후자의 예이지요. 글을 쓰는 도중에 예전에 본 그림이나 영화 속 어떤 장면이 새로 떠오르기도 하고요. 저는 어느 해 겨울에 '집'이라는 주제로 이미지가 포함된 글을 써야했어요. '집'이라고 하니, '따스한 보금자리'가 떠오르고, '가족'이 연상되더군요. 그래서 글의 도입부분을 이렇게 썼어요.

　새는 알을 품어 새끼들을 키우려고 나뭇가지와 보드라운 짚을 모아 보금자리를 마련합니다. 꿀벌은 여럿이 열심히 일해서 얻은 꿀을 모아둘 창고가 있는 집을 만들고요. 사람의 집은 좀 복잡해요. 편히 잠을 잘 수 있는 방, 밥을 맛있게 만들어 먹을 수 있는 부엌, 그리고 가족이 다함께 모여 이야기를 나누는 거실도 필요하지요. 사람들에게 집은 곧 가족일지도 모릅니다. 사람은 어떤 이유로 혼자 사는 대신 가족이라는 작은 단위를 만들고, 가족끼리 모여 살게 되었을까요? 가족은 원래부터 있는 당연한 것으로 생각되지만, 그것에도 틀림없이 유래가 있을 거예요.

학자들은 불을 사용하게 되면서부터 사람들이 그 주변에 모이게 되었을 거라고 추측합니다. 추위와 짐승을 피해 불을 피웠고, 불에 몸을 녹이고, 그 불 위에 사냥해 온 고기를 구워 함께 먹으면서 서로 정이 들었겠지요. 한 아궁이를 쓰게 되고, 함께 먹고 자다보니 점차 걱정해 주고 기다려주는 마음이 싹트지 않았을까요? 그래서 앞으로도 계속 같이 살자고, 혹시 헤어지더라도 꼭 다시 만나자는 약속을 했을 것 같아요. 불 옆은 따스해요. 그래서 가족은 따스함을 함께 나누는 집단이라고 할 수 있습니다. 멀리 떠나있어도 따스함이 그리워 다시 돌아오는 곳, 그곳이 바로 집입니다.

여기까지 쓰고 나니 햇살이 따사롭고 평화로운 고향집 이미지 하나를 글의 배경삼아 끌어오고 싶어졌습니다. 그래서 그런 그림이 뭐가 있나 열심히 찾아봤죠. 〈남향집〉이 좋아보였습니다.

다음 작품은 화가 오지호1905-1982가 그린 자신의 고향집 모습입니다. 남쪽을 향해 지은 집에는 햇빛이 잘 들어서 하루 종일 환하고 따스하지요. 지붕과 담장에 드리워진 나무의 그림자마저 잿빛이 아니라 투명한 파란색이네요. 햇빛이 눈부신 데다가 하늘도 쾌청해서 그림자까지 파랗게 보였나 봐요. 집에서 기르는 멍멍이도 따사로운 햇볕아래 졸고 있어요. 빨간 옷을 입은 여자 아이가 개밥을 주려나

봅니다. 손에 밥그릇을 들고 문에 서 나오려는 중이에요. 곧 멍멍이 가 꼬리를 치며 반기겠지요? 오지호에게 집은 나른한 오후의 행복을 말하는군요.

오지호, 〈남향집〉, 1939, 캔버스에 유채, 80 x 65cm, 국립현대미술관

나에게 집은 무슨 의미인가요? 집은 편한 옷으로 갈아입고 휴식할 수 있는 곳이고, 그래서 아무리 늦어도 꼭 돌아가야만 하는 곳입니다. 야근이나 늦은 모임이 끝나고 나오면, 어느새 하늘에는 진눈깨비가 날리고 뺨이 떨어져나갈 듯 바람이 찬데, 그 맹추위를 뚫고 몇 번이나 미끄러질 위기를 넘기면서 발걸음을 재촉해야 하는 이유가 있다면, 그건 집이지요. 집은 험하고 추운 '밖'과 대립되는 포근하고 아늑한 '안'이기 때문입니다.

따스한 집에 대한 이미지에서 출발했는데, 글을 쓰는 도중에 '나' 그리고 '안'이라는 핵심어가 새로 등장하게 됐어요. 글은 처음에 계획한 방향대로 반드시 흘러가지는 않아요. 글이 글을 낳아 새끼를 치기 때문이지요. 그럴 땐 앞서 쓴 글을 '싸악' 날려버리고 방향 전체를 바꾸어 새로 시작해야 할까요? 그러지 마세요. 백지 화면에 첫 글자를 찍는 일은 누구에게나 공포랍니다. 나중에 편집할 때 제거하면 되니, 일단 계속 이어 써나가세요. 단, 핵심어는 조정하는 것이 좋습니다.

숙달된 작가가 아니라면, 원고지 20매(A4 3장) 정도 되는 짧은 글을 쓸 때 핵심어는 3개 정도가 적합해요. 핵심어가 3개를 넘어서면 이 얘기 하다가 또 저 얘기 하다가, 앞뒤 맥락을 서로 연결시키지 못한 채 횡설수설하기 십상입니다. 양손으로 3개의 공을 가지고 던져 올렸다가 받는 놀이를 한다고 상상하며 글을 쓰세요. 3개의 공으로 저글링을 시작했다면 어느 하나도 떨어뜨리지 말고 끝까지 3개 모두 받아내야 합니다.

'집-따스함-가족', 이렇게 3개의 핵심어를 염두에 두었었는데, '집-안-나'로 교체했습니다. 그러고 나니 '집'이라는 씨실과 '나'라는 날실을 헐겁지 않게 짜 엮을 수 있는 스토리 전략이 필요했어요. 영화 이야기를 삽입하면 어떨까 하는 생각이 들었습니다. 물론 작품도 그에 적합한 것으로 다시 고려했지요.

영화 〈건축학 개론〉(2012)은 어릴 적 살다가 오래도록 떠나있던 옛 집을 다시 고쳐 짓는 이야기입니다. 주인공은 처음엔 헌 집을 다 부수어버리고 완전히 새 집을 지을 생각을 하지요. 하지만, 지난 시절의 흔적을 조금이라도 남겨두고 싶은 마음에, 원래의 틀은 그대로 놔두기로 합니다. 집이 지어지는 동안 집주인은 무언가를 하나하나 되찾아가기 시작합니다. 아름다운 시절에 만났던 사람과 그 사람과의 소중한 추억들이 돌기둥에, 마룻바닥에, 그리고 벽돌과 창문에 스며듭니다. 그리고 집이 완성될 무렵 주인공은 어느덧 새 집처럼 밝고 행복해진 모습으로 그곳에 서있게 되지요.

이 영화처럼 집이 곧 나인 작품이 있습니다. 마치 달팽이에게 달팽

서도호, (좌) 〈청사진〉 (663 x 377 x 1337cm), (우) 〈뉴욕 웨스트 22번가 348번지-A 아파트,
복도, 계단〉 (690 x 430 x 245cm), 2012, 폴리에스터 천과 금속 틀
출처: 삼성미술관 리움, 《서도호 개인전, 집 속의 집》展 도록, 2012

이집이 옷이면서 집이듯, 그리고 거미에겐 거미줄이 몸의 일부이면
서 집이듯 말이에요. 서도호b.1962 작가의 작품을 보세요. 그에게 집
은 안이 훤하게 들여다보이는 얇은 옷인가 봅니다. 하늘하늘하게 속
이 다 비치는 천을 가지고 마치 옷을 만들듯 모서리를 꿰매어 집을
지었거든요. 보통 집은 안과 밖이 구별되지요. 집의 안은 문을 걸어
잠그면 내가 꼭꼭 숨어있을 수 있는 곳이고, 반대로 집밖으로 나가
면 모두가 나를 볼 수 있게 돼요.

　집안이 내가 있는 '여기'이면, 집밖은 내가 없는 '저기'입니다. 집안
이 나만의 공간이라면, 집밖은 남의 공간이라는 뜻이죠. 그런데 여
기 있는 집은 밖에서도 안이 보이고, 안에서도 밖이 보이는군요. 혹
시 이 집은 서작가의 마음속이 아닐까요? 사람의 마음을 들여다볼
수는 없지만, 집안을 들여다 볼 수는 있습니다. 마찬가지로 누군가
의 마음속으로 들어갈 수는 없지만, 집안으로 들어갈 수는 있고요.

집은 한 장소에 붙어있고 아주 무겁습니다. 그렇기 때문에 집이라는 건축물을 통째 옮기는 것은 쉽지 않지요. 사람은 집은 두고 짐만 챙겨 다른 곳으로 이사를 가요. 그러나 이 작품에서는 천이라는 가벼운 재료를 이용해서 집 전체가 이동 가능하도록 만들었습니다. 내가 살아온 집은 곧 나의 흔적이니까, 쉽게 뒤에 남겨두고 가버릴 수는 없는 모양입니다. 이제 집주인은 달팽이처럼 집 전체를 짊어지고 또 어디론가 향할 겁니다.

'집'이라는 이미지의 모티프가 '나'라는 글의 핵심어 속으로 서서히 흡수되는 걸 알 수 있어요. 애초엔 서도호의 작품을 보며 '나'와 바로 연결하지 못했던 사람도 글을 읽고 나면 '나'라는 프레임에서 그의 작품을 볼 수 있게 됩니다. 이것이 글의 효과이지요.

이미지 속 모티프를 마음대로 확대 해석해도 될까요?

이미지를 지탱하는 모티프라고 해서 반드시 글의 모티프로 삼을 필요는 없습니다. 물론 모티프의 의미가 타당한 근거도 없이 확장되지 않도록 주의해야 하겠지요. 학술적인 글이라면 해석의 근거를 제시해 주어야 하고, 이미지를 언어로 번역한다는 자세로 원전(이미지)에 충실하도록 노력하세요. 하지만 만일 주관적인 감상문이거나 글 쓰는 이의 창작이 중심이 되는 자유 형식의 글이라면 이미지 속 모티프에 대한 광범한 연상이 가능합니다.

어떤 방식으로 글을 구성할까?

Design
구성

1

초점에 맞추어
도입전략 짜기

목표를 설정하고 자료를 수집하기

이미지에 대해 어느 정도 안다고 해서 전지전능한 자의 자세로 글을 쓴다거나, 아니면 마치 이 정도는 누구나 다 이해하리라는 가정 하에 기술하는 태도는 바람직하지 않습니다. 차근차근 세부 이미지를 손가락으로 짚어나가듯 글을 써야 하지요. 앞에서 배웠던 것을 잠시 정리하고 넘어갈까요. 139페이지에 나오는 4개의 타원들을 보세요. 이중에서 지금 우리는 맨 아래 '묘사와 연상을 합하여 전체 의미를 추론'하는 단계에 도달해 있습니다. 본격적으로 글을 구성하는 단계이지요.

자, 그럼 글의 목표를 설정하는 것부터 살펴보겠습니다. 글의 도입 부분은 독자들에게 진한 인상을 남기고 관심을 유발하게 하여 끝까지 읽게 하는 원동력 역할을 합니다. 대부분 첫 단어가 나오기까지 막막하고 답답한 심정으로 빈 화면 앞에서 시간을 보내게 돼요. 첫 문장을 어떻게든 완성하고 나면 마치 눈사람을 만들 때처럼 살이 붙기 시작하고 차차 속도가 붙지요. 글이 글을 낳는 법, 그러니 처음을 잘 써보겠다는 부담을 버리고 일단 뭐라도 끄적거리고 나서 생각을 계속합시다. 어차피 첫 문장은 글을 쓰는 도중에 고쳐지게 마련이니까요.

글의 출발은 언제나 스스로에게 던지는 질문이어야 합니다. 가령 '나는 왜 이 그림에 관심을 가지게 되었는가?'라든가 '이 주제는 현재의 나에게 무슨 의미를 주는가?' '이것이 지금 다시 논의되어야 하는 이유는 무엇인가?' 등이에요. 이런 질문들을 나의 관심사에서 다수의 관심사로 자연스럽게 옮겨놓으면서 독자들을 내 글 속으로 끌어들여야 해요. 만일 글의 형식이 가벼운 에세이가 아니라 연구논문이라면 이때 던지는 질문들이 이른바 '연구의 목적'과 '연구의 필요성' 부분이 되는 겁니다.

첫 단락을 쓸 때에는 전체 구성까지 짜여있지는 못하더라도 적어도 글의 초점을 어디에 두고 쓸 것인가에 대해서는 결정한 상태여야 합니다. 초점이 없는 상태로 글을 시작할 수는 없어요. 도입 글은 주요리를 먹기 위해 침샘을 돌게 하는 전채요리 같은 것이죠. 뒤이어

도입부(서문, 머리글, 프롤로그)를 쓰기 위해 질문할 항목들

❶ 목적: 이 주제에 대해 관심을 가지게 된 계기, 글을 쓰는 이유

❷ 필요성: 기존 논의들에 대한 아쉬움 또는 수정의 필요성, 현재 다시 논의되어야 하는 까닭

❸ 범위: 내 글의 배경이 되는 무대는 어느 시대 어느 장소인가?
어느 지점에서 출발하여 어느 선, 어느 정도의 깊이까지 다룰 것인가?

❹ 방법: 자료수집의 절차, 해석을 위해 도입된 이론 등 간략 소개

어떤 그림과 내용이 이어질지 충분히 예측할 수 있도록 미리 암시하는 역할을 해야 합니다.

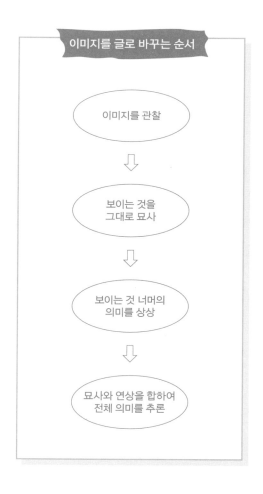

시사 이야기로 분위기 띄우기

독자들의 관심을 끄는 도입부가 되려면, 현재 많은 이들이 지속적으로 접하거나 반복적으로 경험하고 있는 뉴스를 활용하면 좋습니다. 특히 신문칼럼에 기고할 기회가 생긴다면 시사성을 암시하는 문구로 슬쩍 운을 띄워 보세요.

옛 작품도 지금의 이야기처럼

미술품을 소개할 때에 시사적인 머리글을 써주면 작품이 옛것일지라도 시대와 관계없이 글의 분위기를 현재로 확 당겨오는 효과가 있습니다. 미술이 삶과 동떨어져 존재하는 것이 아니라, 지금 우리의 일상과 아주 가까운 곳에 있다는 것을 은연중에 강조하기도 하죠.

시사성 있는 도입부 쓰기

다음은 백남준[1932~2006] 작가의 전시회를 다녀와서 쓴 제 글인데요. 전시회가 코로나 바이러스가 한창이던 2020년에 열려서, 평소처럼 다수의 사람들이 전시장을 방문하지는 못했어요. 저는 글의 첫 단락에서 백남준의 작품세계를 코로나 시대의 온라인 경험에 견주는 시도를 해 보았습니다.

최근 코로나19로 인한 온라인 화상 대화가 잦아지면서 '멀리서 따로 또 같이'라는 말이 낯설지 않게 되었습니다. 사람들이 멀리서 따로 또 같이 똑같은 이미지를 볼 수 있게 된 첫 역사적인 순간은 언제였을까요? 텔레비전이 발명되면서부터라고 말해지지요. 1920년대 말에 처음 선보인 텔레비전은 방송 여건이 되지 않고 가격도 비싸서 각 가정에 보급되기까지 30여 년 정도 시간이 걸렸는데요. 1970년대에 이르러서야 드디어 대다수의 가정에 보급되었습니다. 그 무렵부터 사람들은 처음으로 같은 장면을 똑같은 시간에 각기 다른 장소에서 볼 수 있게 된 것이지요.

'멀리 보게 한다'는 뜻을 가진 텔레비전은 저 멀리 지구 반대편에서 벌어지는 사건까지도 생중계로 볼 수 있게 만들었습니다. 텔레비전이 없던 시절의 사람들은 저녁마다 뭘 봤을까요? 저마다 달랐겠지만 아마도 초롱불 아래 책을 읽기도 하고 일기를 쓰거나 바느질을 했을 겁니다. 하지만 옛 사람들도 이것만큼은 실시간으로 따로 또 같이 볼 수 있기는 했어요. 바로 달이에요. '달은 가장 오래된 TV이다.' 이는 비디오예술의 선구자 백남준이 남긴 말이랍니다.

백남준, 〈달에 사는 토끼〉, 1996, 나무토끼조각, TV모니터, 비디오
출처: 백남준아트센터, 《백남준 티브이 웨이브》展, 2020

1960년대 말부터 백남준은 텔레비전을 가지고 다양한 탐구를 하고 각종 실험을 했는데요. 이번 전시는 그가 시도했던 방송과 위성 작업에 초점을 맞추었어요. 어떻게 하면 공간의 장벽을 넘어 멀리 떨어진 많은 사람들을 연결하고 소통할 수 있을지 일찌감치 고민했던 백남준은 시대를 훨씬 앞서 나갔던 예술가입니다.

위 작품의 제목은 〈달에 사는 토끼〉예요. 나무로 깎아 만든 토끼가 TV 수상기 앞에 앉아 달을 바라보고 있네요. 달나라에는 옥토끼가 살고 있고 월계수 아래에서 방아를 찧고 있다는 전설은 누구나 알고 있을 거예요. 백남준은 상상 속의 이야기를 현실의 이야기로 바꾸어 보여줍니다. 상상의 세상과 현실의 세상을 만나게 하는 것이 텔레비전의 역할이니까요. 작품 속의 토끼는 지금 TV시청자가 되어 자신이 살고 있는 달의 모습을 지켜보고 있는 중인가 봐요. 마치 요즘의 실시간 화상수업과 닮았는데요! (후략)

역사적 사건에서 내용을 파생시키기

다음의 제 글은 스웨덴의 인기 사진작가 에릭 요한슨Erik Johansson, b.1985의 상상사진에 대해 쓴 것입니다. 달을 직접 사진으로 찍어 편집한 그의 작품을 보며, 달 탐사 사진이 최초로 등장한 역사적 사건으로 첫 단락을 시작해 보았습니다. 실제로 볼 수 없는 상상의 세계를 모순되게도 사진이라는 실증적인 기계와 접목시킨 작가의 의도를 암시하는 도입이지요.

 1969년 7월20일은 미국의 달 탐사선 아폴로 11호가 달에 역사적인 첫 발을 내딛은 날이었어요. 그날 우주복을 입은 닐 암스트롱이 달에 서 있는 사진이 전 세계 주요 신문의 첫 표지에 커다랗게 실렸지요. 사진을 본 사람들은 그제야 달에 대한 수많은 환상에서 벗어날 수 있었습니다. 달이 지구로부터 38만 4,400킬로미터 떨어진 천체라는 것을 배워 알고 있었음에도 불구하고 사진으로 보기 전까지는 달은 도무지 현실적인 공간으로 느껴지지 않았으니까요.

 카메라가 없던 시절에 유럽인들은 아시아 저 끝까지 배를 타고 가보면 황금이 쏟아지는 나라가 있을 거라고 상상했어요. 1839년에 카메라가 발명되면서 막연히 상상만 하던 모든 것들이 분명해졌습니다. 이후 약 200년 가까이 사진은 사람들에게 '봐라, 네가 상상한 것이 실제로는 이런 모습이다'라고 증명하듯 직접 보여주었답니다. 사진이 여러 분야에서 맹렬하게 있는 그대로의 사실을 까발리는 동안, 아쉽게도 흥미진진한 상상들까지 휩쓸려 함께 제거되곤 했어요. 상상이 사라지고 덩그러니 현실만 남은 세상은 지루하거나 끔찍했습니다. 그래서 이제 사람들은 사진을 가지고 상상할 방법을 찾기 시작했죠.

에릭 요한슨은 사람의 상상력이 사실적인 카메라와 만나면 어떤 결과물이 나올 수 있는지 보여줍니다. 그는 마술사 같아요. 도무지 일어날 수 없는 불가능한 풍경이지만 그의 사진 속에서는 가능한 듯 느껴지거든요. 요한슨은 예술학교를 다닌 적은 없고, 컴퓨터 공학을 전공했습니다. 열다섯 살에 처음 카메라를 선물 받고 사진을 찍기 시작했는데, 뭔가 아쉬움이 남는 듯했어요. 사진은 찍는 순간 모든 것이 다 결정되어 버렸으니까요. 그는 '만약 내가 찍은 사진들을 짜깁기하여 새로운 이미지로 만들어보면 어떨까' 하고 생각했습니다. 상상의 시작은 '만약'이라는 단어였고, 그 상상을 밖으로 꺼내어 준 기계는 바로 카메라였어요.

에릭 요한슨, 〈골목 아래 Under the Corner〉, 2017. ⓒ Erik Johansson
출처: 예술의전당 한가람미술관, 《에릭 요한슨 사진, Impossible is Possible》展 도록, 2019

옆 사진을 보세요. 하늘에 걸린 달을 마치 가로등의 전기등 갈아 끼우듯 새 것으로 교체하고 있는 중이에요. 그러고 보니, 달이 흐릿한 밤도 꽤 많았지만, 유난히 크고 밝게 빛나던 밤도 있었어요. 아마 달 배달원이 잘 충전시킨 빛 좋은 보름달로 바꿔주고 간 덕분인가 봐요. 요한슨이 여러 개의 사진을 아주 묘하게 붙여 하나의 이미지로 만들었다는 것을 짐작할 수 있습니다. 실제 장면 같지요? 사진으로 찍었기 때문에 거짓이지만 더욱 진짜 같이 느껴지는 겁니다. (후략)

자신의 경험으로 첫 말 꺼내기

저는 2008년에 《그림에, 마음을 놓다》를 출간했어요. 이 책에는 30여 개의 에세이들이 실려 있는데, 매 꼭지마다 저자인 제가 먼저 허심탄회하게 제 이야기를 꺼내며 판을 벌였어요. 그리고 그 상황에 어울리는 그림을 제시하고 글을 이어가는 형식이었습니다. 제 고백 같은 이야기에 고개를 끄덕이며 그림을 보다가 위로를 받게 되었다는 독자들이 많아지고 입소문이 퍼졌어요. '다정하게 안아주는 그림 치유 에세이'라는 부제가 붙은 《그림에, 마음을 놓다》는 여러 쇄를 거듭 찍으며 10만 부 넘게 팔리는 큰 호응을 받았습니다. 2018년에는 10주년 기념 개정판도 냈지요.

강연자가 자신의 경험을 예로 들며 무언가를 설명하면 관중은 집중력이 높아지는 것은 물론이고 강연자에 대한 친근감도 커지는 장점이 있어요. 작가의 경우도 마찬가지입니다. 에세이의 첫머리에 스스로 겪었던 일을 에피소드로 털어놓으면 독자에게 크게 한걸음 다가갈 수 있지요. 사람을 처음 사귈 때를 생각해 보세요. 여러 번을 만나도 자기 얘기를 전혀 하지 않는 사람과는 친해지기 어렵고 계속 거리를 두게 됩니다. 하지만 단 몇 분을 함께 있을지라도 사적인 얘기를 나누다보면 좀 더 쉽게 마음을 열게 되지요.

조금은 은밀한 이야기의 힘

자랑스러운 에피소드보다는 입 밖에 꺼내기 쉽지 않은 조금은 은밀한 이야기가 더 흡입력 있게 읽힙니다. 물론 억지스럽게 꾸미지는 마세요. 별 것 아니더라도 가식이나 과장이 드러나는 순간 글 전체 내용에 대한 신뢰도가 급강하하게 되니까요.

자신의 에피소드로 시작하기

귀스타브 쿠르베Gustave Courbet, 1819~1877의 자화상에 대해 쓰기 위해 제 얼굴의 비대칭에 대해 고백한 제 글을 예로 들어볼게요.

지난 4월부터 어느 방송국 문화예술 프로그램에 대담자로 나가고 있습니다. 두 명의 진행자와 나를 포함한 두 명의 전문가가 큰 테이블에 둘러 앉아 이야기하는 이 프로그램에서 하필 내가 앉는 위치는 내 오른쪽 옆모습이 부각되는 자리예요. 내 얼굴은 좌우 비대칭이 있는 편인데, 그나마 왼쪽 얼굴이 예쁘고, 오른쪽 각도에서 얼굴을 비추면 뭔가 균형이 틀어져 보여요. 물론 다른 사람은 모르고 지나갈 약간의 차이에 나 혼자 예민한 것이지요. 무의식적으로 내겐 예쁜 왼쪽 얼굴이 나를 대표할 수 있도록 자리를 잡거나 포즈를 취하는 습관이 붙어 있습니다. 오른쪽 옆얼굴이 방송 중에 주인공 역할을 하면서 스포트라이트를 받는 건, 어색한 정도에서 그치는 것이 아니라, 이상하게 자신감도 떨어뜨리는 것 같아요.

하지만 가만히 생각해 보니 얼굴 비대칭에 대한 민감함 덕분에 칭찬을 들었던 기억도 있습니다. 대학원 시절 서양미술사 수업 시간에 나는 자화상 속 인물이 왼쪽으로 얼굴을 돌렸는지 아니면 오른쪽인지 섬세하게 관찰한 발표를 했었거든요. 화가가 일하는 작업실에서 창문은 어느 방향에 있었을지, 거울은 어느 곳에 놓였을지, 그리고 화가가 왼손잡이일 가능성이 있는지… 그날 내 발표는 흥미로웠고, 교수님으로부터 긍정적인 코멘트를 들었습니다. 좀 억지스러운 연결인 듯하지만, 남들보다 얼굴을 더 잘 보았던 덕에 나는 그

길로 나가게 됐어요. 이후 초상화 연구로 석사를, 인물상 연구로 박사를 받았거든요. 만일 미술사 아닌 회화 전공자였다면 자화상을 즐겨 그리지 않았을까 상상해 봅니다.

아래 보여드리는 그림은 귀스타브 쿠르베가 그린 자화상입니다. 쿠르베는 자화상을 자주 그린 편인데, 혹시 저처럼 어떤 속사정이 있었던 것은 아닐까요. 그는 특이한 시나리오 속에 자신을 등장시키는 경우가 많았어요. 〈필사적인 남자〉 속의 남자는 지금 한 손으로는 머리를 쥐어뜯으면서 눈을 동그랗게 부릅뜬 채, 거울을 들여다보고 있는 듯합니다. 아침에 일어나니 자기 얼굴이 뒤바뀌어 있기라도 한 걸까요? 아니면 인생을 바꿀만한 중대한 약속을 놓치기라도 한 것일까요? 영화 포스터처럼 모든 드라마가 이 한 컷의 확대 이미지에 담겨 있는 것 같아요. 스스로에게 너무나 몰입한 채 화면에 바짝 붙어있기 때문에 관람자가 끼어들 틈도 없는 그림입니다.

쿠르베의 자화상들은 자기 존중이 극대화 되어 있습니다. 그는 스스로에 대한 대단한 신념을 가지고 있었으며, 왕성한 에너지를 발산하며 살았습니다. 목소리도 컸고, 악수도 힘차게 했어요. 고기를 먹을 땐 식욕이 대단했고,

귀스타브 쿠르베, 〈필사적인 남자〉,
1843, 캔버스에 유채, 45 x 54cm,
오슬로 국립미술관

한번 술을 마시기 시작하면 밤을 새워 마실 만큼 지칠 줄 몰랐습니다. 외모에도 지나치게 자신만만해서, 늘 자신을 매력적으로 연출하는 포즈로 자화상을 그리곤 했습니다.

식탁에서, 말 등 위에서, 사냥터에서, 수영하면서, 카누와 스케이트를 타면서, 또는 침대에서 그는 뭘 해도 멋있어 보였다고 주변 사람들은 기억합니다. 하지만 그런 모습들은 어쩌면 쿠르베가 사람들에게 자기 이미지를 그렇게 주입시킨 결과였는지도 모릅니다. 그림 속 쿠르베와 사진 속 쿠르베는 상당히 다르니까요. 심지어 늙고 술에 절어 몸이 둔탁해져 있을 때 그린 그림에서도 젊고 달콤하고 새침한 이미지의 그가 등장한답니다.

초상화를 그릴 때 모델이 필요한 것처럼 자화상을 그릴 때에는 거울이 필요하지요. 그러나 거울에서 발견한 모습 그대로 옮겨 그릴 필요는 없습니다. 쿠르베는 거울을 보고 떠오르는 마음 속 자기 이미지를 그렸어요. 그 이미지는 언제나 흥미진진한 모험을 하고 있었고, 그 모험의 주인공이 그림 속에 남겨진 것입니다. (후략)

어원을 밝히거나 용어 정의하기

언어는 그 언어 사용자의 생각을 구획하는 역할을 합니다. 저는 제2외국어로 프랑스어를 공부했는데, 프랑스어 동사의 복합적인 시제들을 정확히 어떤 경우에 각각 써야 하는지 잘 와 닿지 않았어요. 한국어에는 그런 것이 없기 때문이죠. 프랑스 미학이론을 배울 때에서야 저는 무언가 깨닫는 바가 있었습니다. 프랑스 학자들이 생각을 풀어내는 방식이 자신들의 언어 습관에서 비롯되었다는 것을요. 이를테면 과거나 미래가 현재로 중첩되면서 '지금'의 성격이 두터워지는 시간의 개념은 따로 설명할 필요도 없이 프랑스어 시제에 이미 존재하고 있었습니다.

다음은 시리아 출신의 작가 무니라 알 솔b.1978의 설치작품인데, 창가에 세워놓은 물병들입니다. 레바논과 시리아의 여러 지역에서 모은 물이 담겨 있어요. 물병 밑에는 사진이 붙어있는데, 각각의 물을 떠온 장소를 찍어 기록해둔 것입니다. 레바논과 시리아는 내전을 겪었던 곳이에요. 전쟁기간 동안 그곳 사람들은 병에 물을 떠온 후에

무니라 알 솔, 〈아랍어로 된 갈증의 뉘앙스〉, 2019, 레바논 물을 담은 페트병, 디지털 프린트
출처: 서울시립미술관 서소문본관, 《고향》展, 2019

는 오염된 물을 정화시키기 위해 창가에 물병을 한참 놔두었다가 마셨다고 해요. 햇빛으로나마 소독된다고 믿고 싶었던 것이지요.

'더러운 물을 마다않을 정도니 얼마나 목이 말랐을까' 생각하면서 작가는 병위에 종이를 붙이고 아랍어로 목마름을 말하는 단어들을 써놓았습니다. 탁한 물을 먹은 사람일수록 갈증이 더 심각했다는 뜻이겠지요. '갈증'을 뜻하는 아랍어 단어의 성격을 알지 못하면 이 작품을 제대로 이해하기 어렵습니다. 적당한 목마름에서 죽음에 이를 정도로 목이 타는 상태까지 아랍어에는 갈증을 묘사하는 낱말이 7개가 넘는다고 해요. 건조한 지역이라 갈증이 곧 생명과 직접 연결되어 있다는 것을 언어를 통해 알 수 있습니다.

단어의 성격이나 유래를 밝혀주면, 평소에 생각 없이 쓰던 그 말의 뜻에 대해 다시 한 번 생각해 보는 환기의 효과가 있습니다. 재미삼아 어원을 캐다보면, 뜻하지 않게 글의 아이디어를 얻게 되기도 해요. 우리말의 경우 한자어의 뜻은 무엇인지, 그것의 순우리말은 어떤 것인지 조사해 보세요. 고대 로마 문화권에서 파생된 영어, 독어 프랑스어, 스페인어, 이태리어 등의 단어라면 그리스어나 라틴어 어원을 찾아보세요. 낱말의 의미를 통해 옛 사람들의 일상을 엿볼 수 있게 돼요. 지금은 평범하게 문장 속에 파묻혀 있는 어떤 낱말이 과거에는 심오한 철학을 품고 있었다거나 혹은 흥미진진한 놀이에서 비롯된 사실을 발견하는 경우도 있습니다.

낱말의 정의를 찾아보세요

단어의 원래 뜻을 실마리 삼아 글을 이어나가는 방식은 지적이면서도 난해하지 않아서 누구나 활용해 볼 만합니다. 저를 포함하여, 글을 자주 쓰는 칼럼니스트들이 원고의 주제를 받고 나서 제일 먼저 하는 일이 뭔지 아세요? 어학사전과 전문용어사전, 지식백과사전에서 그 주제어를 찾아보는 일이지요. 낱말의 정의를 확인하는 것이 글의 방향을 잡는 데 큰 도움이 되기 때문입니다.

단어의 원뜻에서 실마리 풀기

다음은 그림책 원화 전시를 보고나서 쓴 제 글인데요. 원화를 그리는 화가들이 저마다 독특한 '스타일'을 가지고 있는 게 눈에 띄었어요. 그런데 사실 스타일이라는 단어는 지나칠 만큼 광범한 영역에 쓰이고 있어서, 글 속에 등장해도 뇌리에 좀처럼 파고들지 않고 집중도가 많이 떨어져 있더라고요. 저는 '스타일'이 어떻게 하면 문장 속에서 스쳐 지나치지 않고 의미를 한껏 발산할 수 있을까 고민해 보았습니다. 일단 스타일의 어원에 대해 풀어보기로 마음먹었지요.

그림책은 글과 그림이 오른팔과 왼팔처럼 서로 보완해 주는 역할을 하면서 하나의 몸처럼 결합된 책이에요. 단순히 글에 그림이 가끔 등장하는 삽화 형식의 책을 뜻하지는 않습니다. 그림책에서 글과 그림의 관계는 훨씬 묘하고 복잡하지요. 예를 들어 글이 이야기하는 것 가운데 어느 한 부분만을 그림이 소개하기도 하지만, 반대로 글이 미처 이야기하지 않은 것까지 그림이 자세하게 훨씬 많이 보여주기도 하죠. 나라마다 언어가 각각 달라 글은 번역 없이 읽을 수 없을 때가 많지만, 그림은 번역이 없어도 감상하고 이해할 수 있답니다. 그림은 전 세계인들의 공통 언어이니까요.

그림책에서 중요한 것 중 하나는 원화 작가의 개성이에요. 개성은 그 사람만의 '스타일style'이라고 말해질 수 있는데, 스타일의 어원은 라틴어로 '스틸러스stilus'입니다. 스틸러스는 뾰족한 필기구로 긋는 선을 의미하고요. 선은 화가의 개성을 드러내주는 핵심요소입니다. 날카로운 선, 부드러운 선, 흐릿한 선, 깔끔한 선, 건조한 선, 촉촉한 선, 가는 선, 굵직한 선 등 선의 종류는 아주 다양하죠. 작가가 쓰는 선의 특징에 따라 이야기에 색다른 분위기를 실어줄 수가 있답니다.

자, 그럼 선이 어떤 느낌들을 자아내는지 주목하면서 그림책 원화들을 감상해 볼까요? 다음 이미지는 디지털 그림의 예인데요. 디지털 펜과 붓으로 모니터 위에 그린 후 인쇄한 것이에요. 그림책에 자주 등장하는 동물친구 여우가 주인공인가 봅니다. 코와 입이 뾰족한 여우가 잃어버린 모자를 찾아 수풀을 샅샅이 살펴보던 중, 자그마한 생쥐 가족을 만난 장면인데요. 그림책 화가는 싱그러운 느낌의 선들을 사용하여 여우의 털과 주위의 수풀을 생동감 있게 표현했어요. (후략)

유케 리Yuke Li (중국), 그림책 《멋진 소풍》 중 〈모자를 잃어버린 조니는 생쥐 가족에게 '너희들 빨간 모자 봤니?'하고 물었다〉, 디지털 미디어
출처: 예술의전당 한가람미술관, 《볼로냐 일러스트 원화 2019》展 도록, 2020

2

주제에서 의미를
도출해내기

주제를 둘러싼 맥락 찾기

<u>주제</u>subject matter와 의미meaning는 같지 않습니다. 의미는 글 쓰는 이
가 찾아내야 하는 것이죠.

영준이와 정아, 현주 세 학생이 '어머니'라는 주제로 각각 그림을
그렸다고 해 봅시다. 영준이는 어머니의 얼굴을 그렸어요. 평소에 가
지고 있던 어머니 사진을 보면서 될 수 있으면 비슷하게 그리려고
애썼지요. 정아는 도화지 가득 줄무늬를 그렸고, 현주는 현관 앞에
덩그러니 놓여있는 우산을 그렸습니다.

같은 주제인데 세 명이 각기 다르게 접근했군요. 그리려는 모습을
직접 따라 그리기도 하지만, 때로는 간접적인 경험이나 흔적, 또는
자기만 아는 기억을 그리기도 하거든요. 어머니 얼굴을 닮도록 그린
영준이의 접근 방식은 직접적입니다. 다시 말해 주제로서의 '어머니'
와 의미로서의 '어머니'가 일치하는 경우라고 할 수 있어요. 하지만
정아가 그린 줄무늬라든가 현주가 그린 우산을 보고 어머니를 그렸
다고 단번에 알기는 어려울 거예요. 줄무늬나 우산이 어머니와 엮어

지려면 주제와 관련된 정확한 맥락context을 찾아 기술해야 합니다.

정아의 어머니는 직장에 나가십니다. 집에 계시는 날엔 줄무늬 티셔츠를 자주 입고 계신대요. 그래서 정아는 줄무늬만 보아도 어머니가 집에 있다는 생각에 신이 난다는군요. 현주는 며칠 전 아침에 어머니가 우산을 가져가라고 했는데, 무시한 채 문을 쾅 닫고 나와 버렸어요. 아침마다 이불 개어라, 밥 남기지 마라 시시콜콜 듣는 잔소리가 짜증스러웠거든요. 그런데 학교 끝나고 집으로 걸어가는 길에 후드득후드득 빗방울이 세차게 떨어지기 시작했어요. 순식간에 현주는 비 맞은 생쥐처럼 되어버렸습니다. 그래서 어머니의 말씀을 듣지 않은 걸 후회하면서 현관 앞에 놓인 우산을 그린 것이었어요.

이번에는 어머니에 대해 그린 실제 화가의 작품을 예시로 들어보겠습니다. 아래는 이성자1918-2009의 작품인데, 정아가 그린 줄무늬처럼 그림만 봐서는 이 그림이 무얼 나타낸 것인지 통 감을 잡을 수 없습니다. 다행히 〈내가 아는 어머니〉라는 제목이 그림에 붙어 있

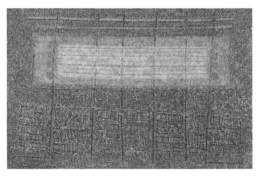

이성자, 〈내가 아는 어머니〉, 1962, 캔버스에 유채, 130x195cm
출처: 국립현대미술관 과천관,《이성자: 지구 반대편으로 가는 길》展 도록, 2018

어요. 일반적으로 제목은 그림을 읽어내는 실마리가 됩니다. 하지만 추상 그림의 경우에는 '무제'처럼 구체적인 단어로 제목을 제시하지 않는 경우가 더 많아요. 예술가가 우리에게 제목을 붙일 기회를 주는 것이라 생각하면 돼요. '나는 이런 생각을 하며 그렸지만 여러분은 어떻게 보아도 좋아요. 각자 제목을 달아 보세요'라고 전하는 것이랍니다.

〈내가 아는 어머니〉는 언뜻 보니 실로 짠 직물의 느낌이 납니다. 글을 쓰기 위해 조사해 보니 이성자의 그림 중에는 〈오작교〉라는 제목의 것도 있어요. 오작교는 은하수의 전설에서 나온 것인데, 은하수는 프랑스에 있는 이성자의 작업실 이름이기도 하죠. 앞 장에서 다루었듯, 이미지를 글로 바꾸기 위해 묘사하고 연상하면서 여러분이 얻게 된 것은 핵심어입니다. 영어로는 keyword라고 불러요. 주제가 의미를 향해 다음 단계로 넘어갈 수 있도록 문을 열 수 있는 것이 바로 이 열쇠단어들이지요. '오작교'와 '은하수', 그리고 '직물'이라는 열쇠단어들을 가지고 작품에 대해 다음과 같이 써봤습니다.

여러분은 은하수를 본 적이 있나요? 은하수는 맑은 날 밤하늘에서 간혹 볼 수 있는 희뿌연 구름처럼 보이는 수많은 별들의 무리인데, '견우와 직녀' 이야기로 우리에게 더 잘 알려져 있어요. 견우와 직녀는 서로 사랑하는 사이죠. 그런데 견우별과 직녀별은 은하수를 사이에 두고 서로 떨어져 있어 만날 수가 없답니다. 이런 딱한 사정을 알고 해마다 음력 7월 7일인 칠석七夕이 되면, 까막까치들이 떼로 하늘에 올라가 다리를 놓아준대요. 이 다리가 바로 여름하늘 위를 수놓은 은하수를 가로지르는 오작교라고 전해집니다. 만남의 기쁨은 아쉽게도 너무나 짧아서, 새벽하늘이 밝아오기 전에 견우와 직녀는 각자의 별로 돌아가야만 해요. 직녀는 베를 짜고 견우는 밭을 갈면서 둘이 다시 만날 날을 손꼽아 기다리지요.

이성자는 이야기 속 직녀와 같은 화가입니다. 어쩔 수 없이 아이들을 두고 한국을 떠나야 했고, 프랑스 파리에서 매일매일 아이들을 그리워한 그는 직녀가 베를 짜듯 열심히 그림을 그리면서 멋진 모습으로 언젠가 다시 만날 날을 기다렸으니까요. 프랑스 남쪽 투레트에는 산이 아름답고 날이 좋으면 저 멀리 바다가 보이는 언덕이 있는데 그 위에 이성자의 작업실이 있습니다. 작업실의 이름이 '은하수'예요.

한국에서 세 아들의 어머니로 살던 이성자는 남편과 헤어지고 아이들도 모두 남편이 거두게 된 상황에서 눈물을 삼키며 무작정 파리행 비행기를 탔어요. 그때가 1951년, 그의 나이 33세 때의 일입니다. 파리에 대한 첫인상은 놀라웠어요. 한 마디로 그곳은 살아있는 예술품 그 자체처럼 보였으니까요. 이성자는 미술관을 구경하고, 프랑스어를 배우고, 그랑드 쇼미에르 아카데미에 입학하여 미술공부를 시작했어요. 그리고 오래도록 잊고 지냈던 꿈을 다시 품게 되었습니다.

아이들을 다시 만날 때 부끄럽지 않은 어머니가 되기 위해 작가는 그림에 더욱 몰두했습니다. 그 시절에 그린 〈내가 아는 어머니〉는 어머니라는 사람을 그렸다기보다는 모든 생명의 보금자리인 땅을 그린 것 같습니다. 그림이지만 마치 직녀가 베를 짜서 만든 직물처럼 점과 선이 촘촘하고 두텁게 배열되어 있어요. 작품 제목에 쓰인 '어머니'라는 단어는 여러 겹의 뜻을 지니고 있습니다. 작가가 그리워하는 어머니일 수도 있고, 떠나온 모국일 수도 있고, 또 세 아들의 어머니인 작가 자신이기도 해요. 그뿐 아니라 터를 잡아 씨를 뿌리고 계속 일구어가야 할 이성자 자신의 미술 세계를 말하기도 합니다.

〈내가 아는 어머니〉에 대한 제 글은 화가에 대한 이야기로만 내용을 구성한 평면적인 글입니다. 물론 이 단계에서 마무리 지어도 되지만, 입체적인 각도에서 바라본 글을 쓰고 싶다면, 의미를 이루는 요소들을 좀 더 찾아보는 것이 좋겠죠.

의미 범위를 확장하기

　사람은 사회적인 동물이니, 자신이 살던 시대와 지역의 특성이 삶에 영향을 미치게 됩니다. 그래서 글을 구성할 때에는 이미지가 탄생하게 된 시간과 공간의 범위를 설정하고 그 범위 내에서 어떤 사회현상과 문화 유행이 있었는지 조사해야 하지요.

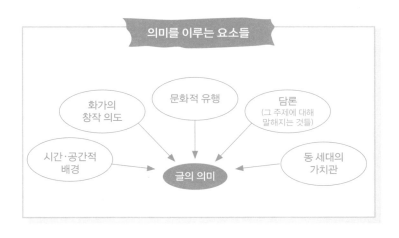

시대적 특성이 중심이 되는 글쓰기

시간적 배경이 1920-40년대인 그림을 가지고 쓴 제 글을 예로 들어 보겠습니다. '신여성'이 주제인데, 이미지를 묘사할 때 당대의 풍습과 유행에 대해 충분히 고려하고 있지요.

조선의 여자들은 길게 땋은 머리에 댕기를 묶어 다니다가, 결혼을 하면 그것을 말아 비녀를 꽂았습니다. 긴 생머리, 단발머리, 짧은 파마머리 등 우리나라 여자들이 저마다 개성 있는 머리스타일을 하게 된 것은 언제쯤일까요? 밖에도 잘 못 다니고 사람도 잘 못 만나고 나이가 차면 부모가 정해 주는 집안의 남자와 무조건 결혼해야 했던 여자들이 요즘처럼 배우자를 선택할 수 있게 된 것은 언제부터일까요? 바로 100년 전쯤이랍니다. 이 시기를 근대라고 구분하는데요. 근대사회의 대표적인 특징 중 하나는 신분제도가 무너지면서 누구나 평등하고 자유로운 개인으로 살 수 있게 되었다는 점이지요.

과거에는 가문을 훌륭하게 이끌어가도록 남자에게는 글을 가르쳐 책을 읽게 했지만, 딸의 교육에는 그리 큰 관심을 두지 않았습니다. 그러나 1880년대부터는 여성교육이 시작되었고, 1920년대 중반부터는 여자도 본격적으로 학교에 다닐 수 있게 되었어요. 드디어 여자도 사회의 일원으로서 자신의 생각을 당당히 밝힐 수 있게 된 것이에요. 이런 근대의 여성들은 차림새부터 행동까지 완전히 새롭다는 뜻에서 '신여성'이라고 불러요.

다음 페이지의 왼쪽 이미지는 1930년대 초반에 매달 발간되었던 《신여성》이라는 여성잡지의 표지입니다. 한자로 '신여성 9월호'라고 씌어 있는데,

(좌)《신여성》(표지화: 안석주, 〈9월의 매력〉), 개벽사, 1933년 9월
(우)《별건곤》(표지화: 안석주), 개벽사, 1933년 9월
출처: 국립현대미술관 덕수궁관,《신여성 도착하다》展, 2018

옛 책이라 오른쪽에서 왼쪽 방향으로 읽어요. 표지 속에 당시 유행에 맞추어 머리카락을 짤막하게 단발커트로 자른 여인이 보이네요. 야외로 소풍을 나왔는지 뒤쪽으로 언덕이 있고, 여인은 자리를 깔고 편안하게 다리를 죽 펴고 앉아 포도를 먹으며 맑은 공기를 쐬고 있습니다. 여자의 등 뒤로는 서양의 악기인 기타도 눈에 띕니다.

이 시기에 나온 여성잡지들은 여성 독자들에게 틈틈이 책을 읽어 교양을 쌓도록 권고했습니다. 그리고 부지런히 악기를 배우고, 바깥으로 나가 걸으며 하루하루 건강해지라고 북돋웠어요. 아무것도 하지 않거나 남자에게만 기대어 사는 것은 바람직한 삶이 아니라고 일깨워주는 데 이런 여성잡지가 큰 역할을 했답니다.

오른쪽 이미지는 주로 남성독자들을 대상으로 만들었던《별건곤》이라는 잡지의 표지예요. '별건곤'은 별세계 또는 별천지라는 의미로, 이제 세상이 완

손응성, 〈산보복〉, 1940,
캔버스에 유채, 90.8 x 64.7cm
출처: 국립현대미술관 덕수궁관,
《신여성 도착하다》展 도록, 2018

전히 바뀌었다는 것을 뜻합니다. 표지의 여성은 하이힐을 신고 한 손에는 책을, 다른 손에는 양산을 들고 웃으며 걸어갑니다. 그 뒤를 따라가는 남성의 양손에는 짐이 들려져 있네요. 아마도 여자가 쇼핑한 물건을 들고 가는 것 같은데, 얼굴에는 땀이 송송 맺혀 떨어지는군요. 이것은 신여성을 비난하는 그림이라기보다는 신여성으로 인해 남존여비이던 기존 사회가 확 달라졌다고 풍자하는 것이라고 볼 수 있어요.

짧은 머리에 서양식의 옷차림으로 차려입은 경쾌한 신여성의 모습은 회화의 주제로도 자주 쓰였답니다. 한 예로 위 그림은 화가 손응성[1916-1979]이 그린 것인데, 곧 외출을 하려는지 화장을 하고 꽃으로 장식한 자그마한 모자를 쓰고 앉은 여자가 보입니다. 곱슬곱슬한 짧은 앞머리는 서양의 배우 오드리 헵번을 생각나게 하네요. 가느다랗게 그린 눈썹에 빨간 립스틱을 칠한 입술,

그리고 화사하게 하늘거리는 원피스는 당시 서양의 최신 유행을 따라한 것이지요.

이렇듯 신여성의 이미지에는 서양의 유행이 묘하게 합해져 있답니다. 서양의 경우 근대화는 자유로운 개인의 권리를 수호해 주는 강력한 국가의 힘을 바탕으로 했지만, 우리나라의 근대화는 그렇지 못했어요. 1920-40년대 우리나라는 일본의 식민지였고, 그 상태에서 서양의 낯선 문물을 받아들여야 했으니까요. 그 과정에서 신여성도 옛 것과 새로운 것, 동양과 서양, 남성과 여성, 개인과 국가 사이에서 해결되지 않는 모순들을 경험해야 했을 거예요. 그래서일까요? 신여성의 세련되고 발랄한 이미지에는 내면의 갈등으로 인한 그림자가 어렴풋이 느껴지는 듯합니다.

지역적 특성이 중심이 되는 글쓰기

다음 예는 동아시아 3개국인 한국, 중국, 일본의 호랑이 이미지에 대해 쓴 제 글인데요. 시대성이나 예술가에 대한 언급은 접어두고, 지역에 따른 구분을 우선적으로 고려하며 써본 것입니다. 이미지들을 지역별로 대조하면서 눈에 띄는 공통점과 차이점이 무엇인지 짚어보았습니다.

호랑이는 동아시아를 대표하는 동물입니다. 시베리아와 인도에도 호랑이가 있지만, 한국과 중국, 일본에서만큼 호랑이 이미지를 미술작품과 일상용품에 많이 남긴 나라는 없을 거예요. 특히 우리나라는 예로부터 호랑이가 많아서, 중국의 옛 책인 《산해경》에서는 "아름다운 털을 가진 호랑이 두 마리를 곁에 두고 심부름을 시키는 나라"라고 우리나라를 소개한 바 있습니다.

우리 시조신화인 단군신화에서도 호랑이가 등장하는데요. 사람이 되기를 기도하는 곰과 호랑이에게 환웅(신의 아들)이 동굴 속에 들어가서 쑥과 마늘을 먹으며 100일간 햇빛을 보지 말라는 지시를 하지요. 곰은 그것을 지켜서 문명화된 세상에서 사람으로 살게 되지만, 그것을 포기한 호랑이는 영원히 야생성을 유지한 맹수로 남게 됩니다.

다음 쪽 그림에서 왼쪽은 18세기 조선시대에 그려진 유명한 호랑이 그림인데 누가 그렸는지는 확실하지 않습니다. 화가 심사정의 낙관(도장)이 찍혀 있기는 하지만 낙관이 찍힌 갑오년은 1714년 혹은 1774년이기 때문에 심사정이 활동했던 시기와 일치하지는 않지요. 막 산에서 내려오는 사나운 호랑이를 아무 배경도 없이 화면에 꽉 차게 배치하여 압도적인 느낌을 줍니다. 호랑이의 눈빛도 매섭고, 무엇보다 호랑이의 털을 가냘픈 붓으로 일일이 세밀하게 묘사한 점이 놀랍지요. 흰 수염은 위로 솟구친 듯 빳빳해서 감히 누가 이 사나운 호랑이의 수염을 건들 수 있을까 싶습니다. 아마도 나쁜 기운이 힘을 펼치려 들고 사회가 어수선할 때에 사람들은 진정한 강자가 나타나 모든 근심을 잠재우길 기대하며 이런 그림을 걸어놓았을 거예요.

　오른쪽은 이와 비슷한 시기에 그려진 일본의 호랑이입니다. 이 무렵의 일본은 에도시대1603~1868였어요. 일본은 호랑이가 서식하지 않는 나라여서 한국이나 중국보다 훨씬 늦게 호랑이를 그리기 시작합니다. 일본을 오래도록 지배하던 계층이 무사武士계층이었는데, 이 무사집안에서는 용맹함을 대표하는 동물로 호랑이를 최고로 여겼어요. 또한 일본인들은 호랑이가 참선參禪:

(좌) 〈호랑이(맹호도)〉, 18세기, 종이에 먹, 195.8 × 71.3cm
(우) 마루야마 오쿄, 〈바람을 일으키는 호랑이의 포효〉, 1786, 비단에 채색, 217.2 × 75cm
출처: 국립중앙박물관, 《동아시아의 호랑이 미술》展 도록, 2018

명상을 통한 수행을 할 수 있도록 지켜주는 동물이라고 생각했습니다. 이 그림을 그린 18세기 일본의 화가 마루야마 오쿄는 마치 실제로 관찰한 듯 실감나게 호랑이를 그렸어요. 수호 동물 호랑이가 바람을 일으키며 나타나 위엄 있게 으르렁 소리를 내는 모습이에요.

〈호랑이 모양 베개〉, 금 시대, 자기, 높이 12cm 길이 26cm
출처: 국립중앙박물관,《동아시아의 호랑이 미술》展, 2018

위의 물건은 중국 일상용품에 그려진 호랑이예요. 자기로 만든 베개인데, 중국 금나라 시대¹¹¹⁵~¹²³⁴의 유물입니다. 호랑이 몸체는 붉은 빛이 도는 황토색 안료로 칠하고, 털과 줄무늬는 검은색 안료로 칠했어요. 호랑이의 등 부분은 평평하게 깎아 베개 면으로 만들었지요. 호랑이 베개는 이미 기원전 3세기경에도 만들어졌을 만큼 오래도록 중국인의 사랑을 받은 물건인데, 본격적으로 유행하기 시작한 것은 10세기경 이후부터랍니다. 중국에 인구가 점점 늘어나서 사람들이 호랑이의 활동구역까지 넘나들게 되자, 밤에 호랑이가 마을에 나타나는 일이 잦았다고 해요. 잠이 들기 무서웠던 사람들은 그 옛날에 황제를 지켜주었던 신성이 깃든 호랑이 베개가 자신들도 반드시 지켜줄 거라고 믿었습니다.

중국의 옛이야기 속에서 호랑이는 인간과 대결하기도 하고, 인간으로 변신하기도 해요. 중국 책에 보면 인간의 모습을 한 호랑이들은 발꿈치가 없다는 대목이 종종 나옵니다. 실제로 호랑이는 발에 뒤꿈치가 없다고 하는데, 인간의 모습으로 변한 후에도 여전히 없다고 해요. 그래서 인간인지 아닌지 의심스러우면 발을 보라는 이야기가 있나봅니다.

요즘엔 일본 뿐 아니라 한국과 중국에서도 야생호랑이를 더 이상 볼 수 없게 되었습니다. 하지만 호랑이는 동아시아의 문화 속에서 그리고 미술작품 속에서 수많은 성격을 가진 재미있고 친근한 동물로 우리와 아주 가까이 살고 있지요.

개별적인 것에서 보편적인 것 추출해내기

이미지를 볼 때 개인 관심사에서 그치기보다, 한 시대의 문화현상으로 일반화시킬 가능성을 모색해 보세요. 먼저 주제가 놓여있는 사회문화 상황에 대한 자료를 찾아보세요. 다음으로 시·공간 배경과 이미지 내부 요소들을 매끄럽게 연결시킬 수 있어야 합니다. 가령 1930년대를 이야기한다면, 1930년대의 모습이 어땠는지 이미지에서 시각적 특징을 찾아 제시해야 하겠죠.

몇 덩어리로 범주화하기

의미를 이루는 여러 개의 요소들을 전부 고려하되, 일체감이 느껴지는 하나의 글을 완성하고 싶을 때엔 어떻게 해야 할까요? 이럴 때 필요한 것이 글의 중간 중간에 소제목을 붙이는 작업입니다. 목차Table of Contents를 만드는 것이죠. 목차는 전체 내용을 한 눈에 볼 수 있도록 펼쳐놓은 상태를 말합니다.

목차라고 하면 보통 '서문-본문-결문'의 3단계를 언뜻 머리에 떠올리는 분들이 많은데요. 서문에는 주제에 대해 어떻게 접근하여 어떤 방식으로 풀어나갈지 계획을 소개하는 글이 나옵니다. 결문에서는 앞서 서문에서 제기했던 것들을 해결해 주듯 마무리 짓는 글이 들어가게 되지요. 문제는 본문의 구성이에요.

앞서 샘플 글에서 보았듯 의미를 이루는 요소가 단조로운 경우라면 따로 목차가 필요 없습니다. 다시 말해 '서문-본문-결문'의 3단계 구성에는 굳이 목차를 마련하지 않아도 된다는 뜻이에요. 갈비탕과 같은 단품요리를 먹을 때 굳이 '물-갈비탕-매실차' 이렇게 서빙순서를 써놓고 알릴 필요가 없는 것과 같아요.

본문이 세분화되어 '서문-본문1-본문2-결문'의 4단계, 또는 '서문-본문1-본문2-본문3-결문'의 5단계 구성이 된다면 본문1,2,3이라는 숫자대신 소제목들을 달아주는 것이 바람직합니다. 그리고 목차를 제시하면 읽기에 도움을 줄 수 있어요. 마치 레스토랑 코스요리에서 주가 되는 음식이 두어 개 나올 때처럼 말이지요.

코스요리를 구성하는 경우 셰프는 음식들이 연이어질 때 식재료나 맛이 서로 부딪히지 않고 어우러지는지를 고려합니다. 만일 특정 콘셉트를 가진 코스요리라면 메인요리들이 따로 겉돌지 않고 하나의 의미 범주category로 묶일 수 있어야 해요.

여러분도 셰프가 되어 독자들에게 글을 서빙한다는 태도로 목차를 짜보세요. 글은 각양각색 뷔페식으로 제공되면 곤란합니다. 반드시 단품요리이거나 아니면 콘셉트가 있는 코스요리여야 합니다.

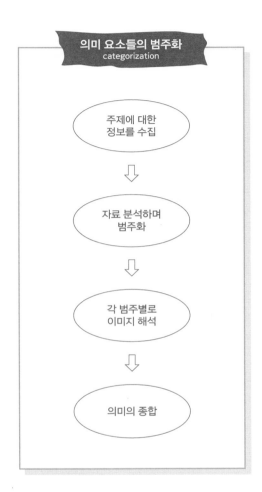

의미 요소들의 범주화
categorization

주제에 대한
정보를 수집

자료 분석하며
범주화

각 범주별로
이미지 해석

의미의 종합

3

글의 성격에 알맞게
마무리하기

지적 호기심 자극하기

모든 글이 심장에 호소할 필요는 없습니다. 만일 하루 종일 감동이 넘치는 글만 읽어야 한다면 힘이 들어서 현기증이 날지도 몰라요. 감동을 받는다는 것은 몸과 마음이 적극적으로 반응하느라 에너지를 쓰는 것이니까요. 사람마다 독서습관이 다르겠지만, 저는 아침, 점심, 저녁의 독서를 차별화하고 있습니다. 아침에는 밤새 무력화되어 있던 정신을 깨우는 일을 해요. 몸에 기운을 불어넣기 위해 달달한 빵조각을 공급하고 우유를 많이 넣은 커피를 커다란 머그컵에 마십니다. 이럴 때 어려운 이론서를 손에 쥐는 일은 없어요. 지나치게 충격적인 이미지나 완전히 몰입하게 만드는 소설장르도 피하지요. 행여 아침독서 후 음울한 그림자가 오후에까지 드리워질 만큼 여운을 길게 남겨서는 안 됩니다.

하루를 시작할 무렵엔 지적 호기심과 유머감각을 살짝 자극시켜 의욕을 북돋아주는 짧은 글이 읽기 좋아요. 평소에 알고 싶었던 정보를 조목조목 맛깔나게 설명해 주는 글도 괜찮아요. 그런 글은 머릿속에 낀 안개를 걷어내듯 정신을 맑게 해 주지요. 두뇌에 비타민을 공급받은 기분마저 듭니다. 이런 글의 장점을 하나 더 지적하자면, 결론까지 가지 않고 중간쯤에서 읽기를 그만 두어도 크게 궁금하지도 않다는 거예요.

제가 아침용이라고 부르는 글이 사실, 원고청탁을 받게 되면, 가장 쓰기 어렵습니다. 스토리가 주는 감동에 의존하지도 못하고, 오직 작가의 박학다식과 글재주로 승부를 봐야 한다니까요. 독자가 끝까지 읽을지는 알 수 없지만, 그렇다고 해서 작가가 끝맺음을 대충해 버릴 수도 없습니다. 아침용 글의 예시로 핀란드 디자인에 대해 쓴 제 글을 보여드릴게요.

가구, 육아용품, 그리고 스포츠용품에서 북유럽 상표의 제품들이 세계적으로 인기를 끌고 있습니다. 북유럽 국가들로는 스칸디나비아 반도의 스웨덴, 노르웨이, 덴마크와 더불어 핀란드와 아이슬란드까지 포함 돼요. 옛 서유럽 사람들은 북유럽 쪽의 사람들을 일컬어 바이킹 해적들 혹은 털 많고 덩치만 큰 바바리안(야만인)이라고 불렀어요.

우리는 주로 고대 로마를 중심으로 하는 서유럽의 역사에 익숙하기 때문에 북유럽은 오래도록 문명에서 뒤쳐져 있다가 요즘 들어 갑자기 떠올랐다고 생각하기 쉽지요. 하지만 그렇지 않습니다. 1만 년 전까지 거슬러 올라가 핀란드를 중심으로 문명사를 새로 쓴다면, 북유럽의 뛰어난 디자인이 어떻게 탄생했는지 알 수 있을 거예요.

혹시 놀이공원에서 타본 바이킹 배가 북유럽 선조들의 배였다는

(좌) 한누 케회넨 디자인, 〈트라이스 Trice〉, 접이식의자, 섬유 유리-캔버스 천, 1985
(우) 스키skis, 나무-물개가죽, 250x12cm, 이나리 출토, 사미 문화
출처: 국립중앙박물관, 《인간, 물질 그리고 변형: 핀란드 디자인 10,000년》展 도록, 2020

사실을 아세요? 핀란드 사람들도 바이킹 배처럼 길고 가늘며 앞뒤로 뾰족한 배를 만들었어요. 그런 배여야 폭이 좁은 강을 다니기 편리했고 밑이 납작하여 수심이 얕은 곳에서도 걸릴 염려가 없었거든요. 또한 가볍기 때문에 육로에서는 몇 사람이 번쩍 들어 올려 운반할 수도 있었다고 해요. 수시로 배로 이동해야 했던 옛 핀란드 사람들은 꼭 필요한 것만 챙기고 자기주변을 가볍게 하는 습관이 몸에 배어 있었습니다. 배에 욕심껏 물건을 쟁여 싣다간 멀리 가지도 못하고 가라앉아 버릴 테니까요.

핀란드 디자인이 특별한 첫 번째 이유는 욕심을 버린 가볍고 검소한 디자인이라는 점이에요. 화려한 장식이 없이 기능적으로 꼭 있어야 할 곳에 딱 있을 만큼만 있는 디자인은 그 옛날 선조들의 생활태도에서 비롯되었을 겁니다.

위 그림의 왼쪽 이미지는 등산이나 낚시할 때 들고 가는 접이식

의자예요. 배낭의 짐을 더 무겁게 하지 않도록 아주 가벼워요. 섬유 유리로 만든 수직의 봉들을 좌우로 끌어당기거나 모으면 그에 따라 천 부분의 면적이 늘어나거나 줄어듭니다.

핀란드 디자인이 뛰어난 두 번째 이유는 사람이 직접 더 잘 사용할 수 있도록 디자인되어 있다는 것이에요. 우리는 지금까지 문명의 발전을 기술의 발달과 동일하게 여겨왔습니다. 기술의 혁신덕분에 점차 사람들은 자기 몸을 직접 쓸 필요가 줄어들었어요. 사람이 기계에게 일을 시키면 되니까요. 오늘날에는 아예 기계가 사람을 대신하고 있는 분야가 많습니다. 그런 차원에서 인류 최초의 발명은 바퀴라고 할 수 있어요. 사람들은 바퀴를 굴려 수레를 만들고, 그 수레가 점차 진화를 거듭하더니 이제는 사람의 조작이 거의 필요 없는 무인 자동차의 시대가 열렸습니다.

하지만 핀란드식의 문명 개념은 달라요. 핀란드에서는 기계에게 맡겨버리는 문명이 아니라, 사람과 도구가 함께 더 기능적으로 움직일 수 있는 방식을 선호했거든요. 이 지역에서 최초로 발명된 것은 바퀴가 아니라 스키였어요. 스키는 눈과 얼음 위에서 바퀴처럼 잘

> **·뛰어남의 기준을 역전시키세요**
>
> 독자들의 지적호기심을 채워주려면, 평범해 보이는 것이 왜 주목할 가치가 있는지 캐내어 부각시켜야 합니다. 가령 썰매와 자동차를 비교해서 썰매가 열등하지 않다는 점을 어떻게 설명할 수 있을까요? 풀꽃과 장미를 대조해서 풀꽃의 탁월함 쪽에 손을 들어줘야 한다면요? 뛰어나다고 생각하는 기준을 역전시키세요. 그러면 신선한 가치를 발굴할 수 있습니다.

미끄러지도록 만들어져 있어요. 바퀴가 자동차를 탄생시켰다면, 스키는 인간이 몰고 가는 썰매를 탄생시켰지요.

177쪽의 우측 이미지는 오래 전에 사용하던 스키였어요. 이 스키는 나무로 만들어졌는데, 바닥 면과 발이 닿는 부분에 물개 가죽을 덧대었어요. 물개 털의 방향에 맞추면 더 잘 미끄러져 속도를 낼 수 있었고, 털 반대 방향으로 가면 마찰력이 생겨서 언덕을 오를 수 있었습니다. 스키를 잘 들여다보면 안전하면서도 활동하기 편리한 스키를 만들기 위해 탐구했다는 게 느껴져요. 스키를 만드는 장인은 나무를 고르고 깎으면서 끊임없이 어떤 재료를 써야 좋은지 또, 어떤 모양이 좋을지 연구에 연구를 거듭했을 거예요.

1940년에 핀란드에서 《숲 안내서》라는 작은 책이 출간되었어요. 당시 성인남자들이 군인으로 징집되자 여자와 아이들이 집안일을 도맡게 되었고, 숲에서 연료와 요리를 위해 땔감을 구해 오려면 기본적인 도구 사용에 대한 지식이 필요했습니다. 《숲 안내서》는 도끼를 안전하게 사용할 수 있는 방법은 물론이고 간단히 만드는 법까지 씌어 있었어요. 숲이 많은 핀란드에서 도끼는 생존을 위한 도구입니다. 누구라도 쉽게 도구를 사용할 수 있어야 한다는 태도에서 발달한 핀란드 디자인에는 생존과 관련된 디자인 철학이 스며있습니다.

썰매는 수준이 낮고 자동차는 뛰어나다는 식으로 문명의 발달을 이해하던 시대는 이제 지났습니다. 우리 시대에는 자연을 훼손해 가며 기술혁신에만 맹목적으로 매달릴 것이 아니라, 주위 환경에 적응하며 창의적으로 생존하는 것이 과제라고 할 수 있어요. 앞으로 인류가 더 건강하고 오래오래 지구에서 동식물들과 함께 지내기 위해서 말이죠. 그런 점에서 핀란드 디자인은 저만치 앞서 나가고 있었답니다.

사회적 메시지 전하기

사람과 사람은 서로 어떻게 연결되어 있을까요? 프랑스의 소설가 알베르 카뮈^{Albert Camus, 1913-1960}라면 아마도 공감을 통해 연결되어 있다고 대답할 겁니다. 1947년에 출간된 그의 소설 《페스트》는 갑작스럽게 전염병이 번지기 시작한 알제리의 오랑이라는 도시를 배경으로 펼쳐지는 이야기인데요. 어느 날 오랑에 무서운 전염병, 페스트가 발생합니다. 병균이 다른 곳으로 퍼질까봐 시민들은 오랑 시 밖으로 나갈 수 없게 되고, 대부분 집에 갇혀 지내게 되지요. 이들은 처음엔 서로를 경계하며 안절부절했어요. 그러다가 나중에는 모두가 한 마음이 되어 페스트가 지나가기만을 간절히 바랐습니다. 힘든 시기에도 사람들이 한마음으로 연결되어 강해질 수 있다는 것을 강조했던 카뮈의 《페스트》는 코로나 바이러스로 고통 받은 2020년에 '다시 읽는 고전'으로 주목받으며 재차 인용되곤 했어요.

전 세계가 두 차례의 큰 전쟁에 휘말리던 20세기 초중반에, 예술가와 문인들은 재난과 인간존재에 대해 심각하게 고민했습니다. 파

㈜) 민유정, 〈어느 날 공원에서〉, 2013, 캔버스에 유채, 35 x 40cm
(우) 장우진, 〈부서진 풍경〉, 2017, 혼합매체 벽화, 가변설치
출처: 서울대학교미술관, 《재난》展 도록, 2019

블로 피카소Pablo Picasso, 1881-1973는 〈게르니카〉를 그려 전쟁의 잔혹성을 고발합니다. 장 폴 사르트르Jean Paul Sartre, 1905-1980는 "굶어가며 죽어가는 아이 앞에서 문학은 아무런 힘도 없다"라는 말을 꺼내면서, 재난이 잦은 시대의 인간에게 문학이 어떤 역할을 할지 생각해 보게 했습니다.

오늘날에도 세계 곳곳에서 빈번하게 자연재해와 산업재해가 일어납니다. 가난으로 인해 굶어죽는 사람들이 있는가 하면, 난데없이 폭격을 받는 나라도 있어요. 그것을 보며 예술인들은 그냥 지나치지 않습니다. 자신들의 행위가 계란으로 바위를 치는 일에 불과할 지라도 결코 희망을 포기하지 않고 작품을 통해 장엄한 메시지를 던지고 있지요. 다음의 두 작품을 볼까요.

민유정의 작품은 공원 잔디밭을 그린 여러 개의 조그만 그림들 중 하나인데, 멀찌감치 떨어져 바라본 모습이에요. 검은 옷을 입은 사람들은 누구이고 무얼 하는지 알기 어려운데, 가운데에 얼굴이

가려진 채 무릎을 꿇고 손이 묶인 사람이 언뜻 보입니다. 테러의 순간을 담은 그림인데, 화가는 그 비극적인 순간을 이상스럽게도 평안하고 차분한 기분을 주게끔 그렸어요. 사건 현장에 있는 당사자가 아니라, TV나 인터넷에 뜬 이미지를 구경꾼의 입장에서 보았기 때문에 그런 걸까요. 아니면 거기 잡혀있는 사람이 내가 아니어서 다행이라는 안도의 마음이 슬며시 나타난 걸까요.

재난 피해자의 소식을 처음 접하면 대부분의 사람들은 다른 사람의 고통을 자기 것처럼 아프게 느끼며 안타까워합니다. 그러나 이런 사건들을 뉴스에서 계속 반복해서 보고 듣게 되면 침울한 상황에 대해 더 이상 생각하고 싶지 않아서 피하게 돼요. 이를 재난에 대한 '공감 피로' 증상이라고 부릅니다. 아무리 끔찍한 사건을 봐도 아무것도 느낄 수 없게 되는 것이죠. 한 마디로 사람들의 공감능력에 적신호가 켜진 것이라고 할 수 있어요.

장우진의 작품은 재난의 현장을 찍은 보도사진을 이용했어요. 그는 희미한 기억 속으로 점점 더 흐릿하게 사라져가는 방식으로 재난 현장 속의 아이들을 보여줍니다. 어린 시절에 리비아에서 잠시 살았던 장작가는 어렴풋이 뇌리에 남아있는 그곳의 처참한 장면과 지금까지도 간혹 해외뉴스에서 보게 되는 비슷한 장면들을 함께 떠올리지요. 반복적으로 접하다 보니, 이제는 그런 장면을 무감각하게 받아들이게 된 사람들도 많습니다. 보도사진 속에 찍힌 이 아이들은 폭격으로 부서져버린 건물 앞에서 장난감대신 돌맹이를 쥐고 그저 무뎌진 구경꾼일 뿐인 우리를 향해 서 있습니다. 아무 말 없이, 그러나 도와달라고 말하고 있는 건 아닌지….

이렇듯 여러 예술가들이 재난 그 자체보다 재난을 대하는 사람들의 태도에 대해 걱정하고 있습니다. 예술의 목적은 사람들의 공감을 이끌어내는 것에 있지요. 그렇다면 오늘날의 공감 피로 증상은 예술가들이 이겨내야 할 가장 힘겨운 적이 아닐까요.

메시지 담긴 이미지로 글쓰기

메시지가 분명한 이미지로 글을 쓸 때에는 제작자의 의도가 무엇인지 명확하게 알아야 공감의 포인트를 잘 포착할 수 있습니다. 가령 동물을 주제로 할지라도 동물의 멸종을 우려하는 것인지, 생명을 대하는 사람들의 무심한 태도를 지적하는 것인지, 아니면 일회용품 사용을 줄여 동물이 안전하게 살도록 하자는 주장인지 미묘하게 구분될 수 있지요. 저는 환경에 대한 사진을 찍는 미국의 크리스 조던Chris Jordan, b.1963의 전시를 본 후 이렇게 감상을 써보았습니다.

매주 한 번 쓰레기 분리수거의 날이 있습니다. 집집마다 음식물을 먹고 마신 후 남은 플라스틱용기와 병, 배달상품이 들어있던 상자, 그리고 이제는 필요 없는 생활용품들을 모아두었다가 버리는 날이지요. 트럭이 와서 수북 쌓아놓은 쓰레기더미들을 실어가는 걸 보면 가끔 '이 많은 것들이 다 어디로 갈까?' 걱정되기도 합니다. 우리의 큰 집인 지구는 날마다 쏟아져 나오는 쓰레기를 감당하지 못해 병들어 가고 있거든요. 단지 편리하다는 이유로 일회용품들을 생각 없이 쓰고 버리다가는 머지않아 쓰레기로 가득 찬 환경에서 살아야할 지도 모릅니다.

몇 년 전부터 편의점 등에서 일회용 비닐봉지는 꼭 필요한 사람만 사서 쓰게 하고 커피전문점에서도 매장 내에서는 머그컵을 사용하도록 권하고 있어요. 환경을 생각하여 쓰레기를 줄이자는 운동의 하나라고 볼 수 있습니다. 그런데 사실 아무리 말로 거듭 강조해도 피부에 잘 와 닿지 않는 것이 바로

(좌) 크리스 조던, 〈알바트로스의 꿈〉, 2012, Archival Pigment Print, 56x67cm
(우) 크리스 조던, 〈미드웨이 시리즈 중에서〉, 2009, Archival Pigment Print, 64x76cm
출처: 성곡미술관,《크리스 조던: 아름다움 너머》展 도록, 2019. ⓒ Chris Jordan

환경문제이기도 해요. 보이지 않는 미래를 위해 당장 편한 것을 포기하기란 쉽지 않으니까요.

미국의 크리스 조던은 환경문제가 더 이상 미룰 일이 아니라는 걸 직접 보여주고 가슴으로 느끼게 해 주는 사진작가입니다. 그는 시에라클럽 안셀 애덤스 상을 비롯하여 여러 환경예술상을 수상한 바 있어요. 어린 시절에 조던은 사진작가인 아버지와 화가인 어머니 사이에서 예술적 영향을 많이 받으며 자랐어요. 예술가의 길로 접어서기 전에는 대학에서 문학과 법학을 전공하였고 10여 년간 변호사로 활동하기도 했습니다. 그래서인지 예술적 감성과 인문학적 사유가 그의 작업의 심지를 이루고 있지요. 무엇보다 생물학자 레이첼 카슨Rachel Carson, 1907-1964의 책,《침묵의 봄》을 읽은 것이 큰 영감을 주었습니다.

조던은 산드로 보티첼리Sandro Botticelli, 1445-1510의 유명한 명화 〈비너스의 탄생〉을 디지털 사진으로 재작업한 적 있습니다. 바다에서 태어난 아름다움의 여신 비너스가 봄바람에 밀려 해안가에 막 닿은 순간이지요. 모자이크 기법처럼 비닐봉지 이미지 24만 조각을 하나하나 따다 붙여서 만든 것입니다. 24만이라는 숫자는 의미심장한데, 그 이유는 10초 마다 전 세계에서 소비되는 비닐봉지의 수라고 하네요. 아마도 우리 시대 미의 여신은 봄바람이 불 때 바다에서 수십만 개의 비닐쓰레기와 함께 밀려올 수밖에 없는 모양입니다.

왼쪽 사진은 새 중에서 가장 높이, 멀리, 오래 나는 새로 알려진 알바트로스의 옆얼굴입니다. 먼 곳을 바라보는 새의 검은 눈은 무언가를 꿈꾸고 있는 듯 촉촉해 보이네요. 조던은 미국 쪽 태평양의 미드웨이 섬에 사는 자태가 아름답고 가족 사랑도 유난히 큰 알바트로스의 생애를 사진으로 찍다가 불편한 진실을 하나 발견하게 됩니다. 바다의 파도에 밀려 사람들이 버린 온갖 쓰레기가 실려 오는 해안가에서 알바트로스들이 그걸 먹이로 착각하고 새끼에게 물어 먹이는 것이었어요.

작가는 미드웨이 섬에 8여 년간 머물며 알바트로스의 출생에서부터 죽음까지를 영상으로도 촬영했어요. 바다오염을 알리고자 하는 목적도 있었지만, 무엇보다 새들의 삶을 소중하게 기억으로 간직하고 싶었어요. 그래서 카메라를 켠 처음부터 끝까지 경건한 마음으로, 스스로 새들의 가족이 된 기분이 되어 매 순간을 기록했습니다. 작가가 담아놓은 섬세한 장면 하나하나 덕분에 영화를 보고나면 뭉클한 감동에 빠지게 됩니다. 이렇게 아름다운 생명들이 사라져간다는 사실이 한없이 슬프고 안타까운 것이지요.

오른쪽 사진은 어린 알바트로스의 배에서 죽은 후에도 썩지 않고 남아있는 플라스틱 조각들입니다. 설치한 것이 아니라 실제로 본 것을 그대로 찍은 사진이에요. 이 사랑스러운 새들이 플라스틱을 먹을 수밖에 없는 이유와 그들의 어이없는 죽음은 보는 이를 참혹한 슬픔에 젖게 만듭니다. 어쩌면 이 새를 죽게 만든 것은 우리 자신일지도 모르니까요. 오늘날 빠르고 편리하고 예쁘장한 겉모습에 감추어져 망각하고 있었던 진실(생명의 소중함)을 깨닫게 해 주는 작품입니다.

감동의 구덩이를 파세요

예술로 타인을 설득시킬 수 있는 최상의 방법이 무엇인줄 아세요? 공감 (sympathy) 형성을 통해서입니다. 글도 마찬가지예요. 메시지를 신속하게 알리기 위해서는 의견을 간결·명료하게 주장하는 글쓰기가 필요하겠지요. 하지만, 메시지에 반응하는 사람들이 많아지게 하려면, 독자가 글을 읽다가 어느 순간 감정적으로 풍덩 빠지도록 구덩이를 파두어야 합니다. 그 구덩이가 바로 감정이입(empathy)이 일어나는 곳이겠지요.

상상을 북돋우기

이탈리아 출신의 화가, 산드로 키아 Sandro Chia, b.1946는 이렇게 말합니다. "그림으로 가득 찬 세상은 한계와 경계가 없는 자유의 세상이다."

미술의 세계는 항시 자유로운 듯 보이지만 반드시 그렇지는 않습니다. 여기에도 아무나 쉽게 흔들지 못하는 전통이 있고, 정해진 규범들이 엄연히 존재하니까요. 새로운 시도를 해서 돌처럼 굳혀진 과거의 생각을 뒤엎고, 많은 이들에게 훌륭하다고 인정을 받으려면 힘겨운 노력이 필요합니다. 마치 전쟁터에서 용감하게도 가장 앞줄에 나서서 싸우는 사람처럼 용감해야 하지요. 그래서일까요. 혁신적인 미술인들을 우리는 전투 용어를 빌어 '아방가르드 avant-garde: 전위대'라고 부릅니다.

지금으로부터 100여 년 전쯤에 서양미술의 역사에서 아방가르드의 역할은 아주 컸습니다. 기성의 미술과는 구별되는 특별한 미술작업을 하고자 했던 아방가르드 미술가들이 승리한 덕분에 현대미술은 전통을 답습하는 태도에서 벗어났고 새롭고 자유로워졌지요. 하지만 그것도 잠시 뿐, 처음에 실험적으로 보였던 것은 금세 익숙해지더니 심지어 구식으로까지 느껴지기 시작했어요. 아방가르드 미술가들은 또다시 새로워지기 위해 과거의 방식들을 하나씩 버려가야만 했습니다.

사람은 작품 속에서 점점 등장하지 않게 되었어요. 인물은 너무 오래 되고 흔한 주제였으니까요. 풍경 그림도 점차 사라졌고, 예전 그림처럼 여러 가지 색채를 사용해서 어떤 물건을 상세하게 묘사하는 일도 드물게 되었답니다. 생김만 봐서는 무엇인지 잘 알 수 없는 형태와 개념만이 화면에 남겨졌을 무렵, '이래서는 안 되겠다'고 생각한 미술가들이 등장합니다. 아방가르드 그림의 한계를 넘어서겠다는 의지를 가진 사람들이었어요. 이들 중에 산드로 키아도 있었어요.

키아가 생각하는 진정한 자유로움이란 머리와 마음에 떠오르는 모든 것에 대해 적용되는 것이었어요. 그것이 과거이든 전통이든, 꿈이든, 또는 우연이든 상관없이, 그 어떤 것에도 한계를 두지 않는 상상 말입니다. 옆의 왼쪽 그림은 제목이 〈기습〉이에요. 초록색 옷을 입은 젊은 여자가 손을 한껏 높이 들어 남자의 엉덩이를 찰싹 때리려 하고 있어요. 무슨 상황일까요? 일상의 삶 속에서 생각하면 이상하고 어이없는 사건이에요. 다 큰 남자가 바지를 벗긴 채 여자로부터 기습을 당하고 있으니까요. 남자는 창피한 듯 얼굴을 가리고 있고, 어찌나 세게 맞았는지 양 볼기는 빨갛게 되었어요. 천 자락 같은 것들이 남자와 여자의 주변을 에워싸고 있는데, 특히 치켜든 여자의 손 쪽에는 힘찬 한 줄기의 천 자락이 펄럭거리는 것처럼 보입니다.

(좌) 산드로 키아, 〈기습〉, 2009, 캔버스에 유채, 200 x 150cm
(우) 산드로 키아, 〈형상〉, 2003, 캔버스에 유채, 55 x 46cm
출처: 예술의 전당 한가람미술관, 《키아, 환상과 신화》展 도록, 2015

특정 내용이 담기지는 않았지만, 감각적으로 다가오는 그림이에요. 무엇보다 운동감이 넘쳐납니다. 초록과 파랑의 두 인물이 춤을 추듯 둥둥 떠 있고, 울긋불긋한 배경이 에너지의 흐름을 만들어내고 있지요. 이건 혹시 바닷가의 파도를 표현한 것 아닐까요? 철썩철썩 소리 내며 밀려드는 파도가 마치 철썩철썩 하고 한쪽에서 엉덩이를 치고, 그 힘에 밀려 맥없이 돌아선 사람의 모습으로 느껴지기도 합니다.

산드로 키아의 상상은 그림이라는 틀 안에 갇혀있지 않고, 살아있는 듯 움직이는 것 같아요. 오른쪽 작품을 보세요. 남자의 앞쪽에는 그림을 그리는 도구가 놓여 있어요. 캔버스라는 네모는 남자가 살고 있는 세상에 비해 너무나 작게 느껴집니다. 남자는 그 작은 네모 안에 그림을 그려 넣으려다 말고 손을 높이 뻗어 허공에 그림을 그리기 시작해요. 그러자 세상은 사방팔방 뚫려 있고, 네모라는 경계로 구획되지 않은 멋진 캔버스로 변했어요. 어쩌면 키아가 말하는 자유로운 그림이란, 우리가 사는 세상처럼, 볼 때마다 의미가 계속 달라지는 그림이 아닐까요.

감각을 열어주는 표현

미용실에서 커트나 염색을 할 때, 헤어디자이너가 뭐라고 설명하나요? "볼륨감 있으면서도 매끄러운 광택이 나요." 홈쇼핑 채널에서 쇼호스트가 스웨터나 정장바지를 설명할 때 뭐라고 하던가요? "몸에 착 맞게 떨어지는 기분입니다." 맛집을 탐방하는 방송에서 연예인들이 시식 중에 음식 맛을 어떤 표정과 말로 감탄하는지 주목해 보세요. "씹을 때 쫄깃쫄깃하고 입 안 가득 퍼지는 풍미가 있어요."

감각적인 말로 머리카락의 질감을, 옷의 자연스러움을, 그리고 요리의 식감을 나타내고 있습니다. 글에서도 이런 표현이 필요할 때가 있어요. 다음 글은 이탈리아의 장식미술가 피에로 포르나세티Piero Fornasetti, 1913~1988의 디자인 전시를 본 후에 쓴 제 감상의 글 일부입니다. 디자이너의 장식스타일을 내용으로 분석하기는 어렵습니다. 감각적으로 상상하게 해야 해요.

사람들은 어떤 이유로 장식을 하는지 궁금합니다. 토끼털 장식이 달린 귀걸이를 하면, 추위를 막을 수 있을까요? 새로 돋은 연두색 풀이파리를 탕수육 접시 가장자리에 살짝 얹어놓으면 음식 맛이 한결 신선해 질까요? "무엇을 위해서 장식이 필요한지 묻지 마세요. 대신 여러분이 그걸 보면서 어떤 상상을 하게 되었는지 이야기해 보세요." 이탈리아의 장식미술가 피에로 포르나세티가 한 말입니다.

그림 그리기로부터 출발해서 각종 디자인 작업을 했던 포르나세티는 화가나 디자이너라는 호칭보다는 물건에 스타일을 입히는 스타일리스트로 불리

피에로 포르나세티, 〈날아가는 이탈리아〉, 1950년대, 드로잉, 실크 위에 핸드프린트, 46 x 46cm
출처: 동대문디자인플라자,《포르나세티 특별전》도록, 2017

기를 더 좋아합니다. 이탈리아의 전통 소재를 자주 사용하기 때문에 '이탈리아 스타일'을 대표하는 사람으로 널리 알려져 있어요.

밑그림은 피에로에게 있어 공부하는 훈련이고 연습과정이기도 하지만, 전시할 때에는 작품 자체가 되기도 합니다. 위 이미지는 밑그림 위에 올려놓은 스카프예요. 스카프는 바람에 살짝 날리는 게 매력이지요. 바람에 펄럭이듯 반쯤 접힌 빨간 스카프 아래로 밑그림이 놓여있는 게 슬며시 드러나는군요. 스카프 위에는 바티칸성당의 둥근 지붕도 보이고 기울어진 피사의 종탑도 보여요. 이탈리아의 관광지 곳곳에 세워진 유명한 건물들이 구름 위에 둥둥 실려 바람 속에 날아옵니다. 멀리 햇빛 좋은 곳으로 여행을 가고픈 들뜬 마음이 이 빨간 스카프 안에 실려 있는 것 같아요.

피에로는 물건과 이미지를 연결 지어요. 작은 모양과 큰 모양, 옛 것과 새 것, 가까이 본 모습과 멀리 보이는 모습, 이상한 면과 익숙한 면을 서로 만나게 하지요. 어떻게 둘을 조화롭게 엮어내는지 비법을 물으면 그는 단순하게 대답합니다. "여기에 무엇이 그려져 있으면 좋을지 신중하게 선택하세요. 그리고 잘 어우러지도록 지휘하는 것이 중요해요. 마치 하나의 심포니를 지휘하는 것과 같은 일이지요."

장식은 특별히 중요한 기능을 맡고 있지는 않지만, 우리에게 무언가를 기억하게 하고, 즐겁게 해 주기도 하고, 이상하게도 마음을 끄는 힘을 가지고 있답니다. 이것을 시詩의 힘이라고 부를 수 있지 않을까요. 우리의 뇌를 간지럽혀서 시적 상상의 세계로 이끌어주는 것, 그게 장식의 역할인가 봅니다.

감각을 동원하게 만드세요

개는 산책 중에 냄새를 맡으며 세상과 교감하지요. 사람도 감각을 열면 주변을 더 많이 느끼고 상상할 수 있습니다. 이미지는 본래 감각으로 받아들이는 것이 분석적으로 이해하는 것보다 우선입니다. 특히 이미지 중에는, 그림이든 영화든, 감상자의 상상에 내맡기는 열린 형식(또는 열린 결말)을 추구하는 경우가 있어요. 그런 작품에 대해서는 감각을 동원하여 상상을 부추길 수 있는 글쓰기가 필요합니다.

전달력 있는 표현을 하고 싶다면?

Communicate

전달

1

독자의 특수성을
고려하기

독자와의 관계 설정하기

"아이가 좋아서 초롱초롱 눈을 반짝이는 걸 보면 얼마나 귀여운 지 모른다. 아이의 표정은 행복하고 평화롭다. 놀이를 하고 있을 때나 자그마한 것들을 창조하느라 온통 마음이 가있는 아이를 보면 흐뭇하지 않은가." 이것은 약 260년 전인 1762년에 프랑스의 사상가, 장 자크 루소Jean Jacques Rousseau, 1712-1778가 어린이에 대해 쓴 글입니다. 어린이 교육이 강조되기 시작한 때였지요.

유럽의 옛 화가들은 천사를 그릴 때, 어린 아가의 올록볼록한 몸집과 오동통한 얼굴로 그리곤 했어요. 하지만, 진짜로 어린이를 그릴 때에는 어떻게 했을까요? 그냥 어른을 작게 줄여 그리는 경우가 많았습니다. 네덜란드의 화가, 얀 스테인Jan Steen, 1626-1679이 그린 그림을 보세요. 지금 고양이를 식탁에 올려놓고 억지로 춤을 추게 하고 있어요. 모두 몸은 어린이 같은데, 얼굴은 어른 같아 보입니다. 고양이를 괴롭히는 심술궂은 장난을 하면서 안쓰러워하기는커녕 마냥 즐거워하고, 그중 어떤 아이는 손에 담배 파이프를 들고 어른 흉내를

얀 스테인, 〈고양이에게 춤을 가르치는 아이들〉, 1665-68, 암스테르담 국립미술관

내기까지 해요. 벽 위에 뚫린 창으로 남자 어른이 뭐라고 꾸짖고 있는 것 같은데, 아무도 귀를 기울이지 않는군요.

스테인의 그림에서 짐작할 수 있듯이, 1700년대 이전에는 어린이는 부주의하고 버릇이 나쁜 인간이고, 그렇기 때문에 엄하게 대해야 한다고 믿었습니다. 아이의 놀이나 실수가 창의적이라고 받아들이는 사람은 거의 없었지요. 옛 사람들은 아이들이 미래의 희망이라고 생각하지도 않았던 것 같아요. 그래서 자기들의 온갖 일들에 아이도 함께 끼워 넣었어요. 아이는 조금도 특별한 대우를 받지 않고 일상생활 속에서 어른과 섞여 있었습니다. 그리고 아홉 살쯤 되면 본격적으로 일하는 것을 배워서, 집안일에 보탬이 되어야 했답니다.

(좌) 디에고 벨라스케스, 〈푸른 옷을 입은 어린 마가리타 테레사〉, 1659, 비엔나 미술사박물관
(우) 토마스 게인즈버러, 〈나비를 쫓아가는 화가의 딸들〉, 1756년경, 런던 내셔널 갤러리

궁전에 사는 어린이는 어땠을까요? 위 왼쪽은 스페인의 궁정화가
였던 디에고 벨라스케스Diego Velásquez, 1599-1660가 그린 마가리타 공주
입니다. 여덟 살 정도밖에 되지 않은 공주가 어른의 옷차림새를 하
고 있군요. 허리는 코르셋으로 졸라매어 숨이 막히고, 치마는 크게
부풀려서 활동하기 불편할 거예요. 저런 옷을 입으면 하루도 견디기
힘들 걸요. 이렇듯 아이를 아이답지 않게 그린 이유는 마가리타가
커서 맡게 될 믿음직한 여왕의 역할을 미리 덧씌워 보여주려는 의도
랍니다.

어린이가 가장 어린이다워 보일 때는 놀이를 하고 있을 때이지
요. 영국의 철학자 존 로크John Locke, 1632-1704는 아이들은 놀이를 통

해서 배우는 거라고 지적했습니다. 이전 사람들은 아이들의 놀이란 시간 낭비이며, 별 쓸모도 없고 아무 의미도 없는 짓거리라고 믿어왔거든요.

18세기부터는 놀이에 몰두한 어린이의 모습이 그림에서 자주 보입니다. 토마스 게인즈버러Thomas Gainsborough, 1727-1788가 그린 〈나비를 쫓아가는 화가의 딸들〉을 보세요. 화가는 어린이들이 맘껏 뛰어노는 분위기를 담기 위해 그림의 배경도 컴컴한 실내가 아닌 실제 바깥풍경을 넣었습니다. 두 소녀는 지금 나비를 쫓아가고 있어요. 오른쪽의 소녀는 한쪽 어깨에 큼지막한 자루를 걸쳐들고 있군요. 쪼그만 나비를 잡아 저렇게 큰 자루 안에 넣을 계획인걸까요. 왼쪽의 소녀는 나비가 파르르 날아가 버리는 것을 보고 안타까운 표정을 짓고 있어요. '거의 잡을 뻔 했는데 날아가 버렸어' 하고 말하는 것 같아요.

누구나 어린 시절을 겪고 나서 어른이 됩니다. 하지만 모든 어른이 놀이의 마음을 간직하고 살지는 않는 것 같아요. 주위에 보면 자신은 마치 성장기를 겪지 않은 듯 현실적인 법칙들만 중요하다고 믿는 사람도 간혹 있지요. 아이와 어른은 실로 평등한 관계는 아니지요. 위생과 안전에 대해서도 강조해야 하고, 사람들 간의 기본 예의도 알려줘야 하고요. 글을 쓰는 도중에 곁가지로 어린이에게 알려줄 잔소리가 자기도 모르게 툭툭 튀어나올 겁니다. 하지만, 독자와 작가로서 만날 때에는 되도록 평등한 관계로 다가가야 해요.

독자와 같은 위치에서 글쓰기

공포영화를 떠올려보세요. 아이는 밤에 무서운 유령의 존재를 보고 겁에 질려 부모에게 도움을 청해요. 하지만, 부모의 생각에는 유령이 있을 리 없습니다. 아이의 말을 은근 무시해 버리죠. "틀림없이 무서운 꿈을 꾼 것이야." 이렇게 타이르며 잔뜩 겁에 질린 아이를 방에 혼자 남겨놓고 잘 자라고 이불까지 덮어줍니다. 그때부터 아이는 부모와 소통하지 않고, 혼자 유령의 존재와 싸우지요.

영화니까 그런 것이라고요? 아이들이 하는 말을 얼마나 진지하게 듣고 받아들이는지 스스로 곰곰이 되짚어보세요. 아이가 읽게 될 그림책 작가를 꿈꾸는 분이라면, 상세한 글쓰기 기술을 익히기에 앞서 동심을 회복하여 아이와 친구가 되는 일이 급선무이지요.

다음은 브라질의 그림책 작가 로저 멜로Roger Mello, b.1965의 원화 전시를 보고 난 후, 어린이 독자들을 대상으로 쓴 제 글입니다. 멜로는 어릴 적의 상상을 돌이키면서 예쁜 그림책을 쓰고 그렸습니다. 그 책들은 한스 크리스티안 안데르센 상을 받게 돼요. 그림책 작가에게는 노벨상과도 같이 영광스러운 상이지요.

'어서 아침이 왔으면' 하고 생각해 본 적 있어요? 자장가를 들으면 포근하고 기분 좋게 꿈나라에 가요. 자장가 속에는 장미꽃도 나오고, 달님도 나오고, 새들과 아기 양도 나오니까요. 하지만 요즘엔 가끔 엄마 아빠 먼저 잠드시고 혼자 어둠 속에 남겨질 때가 있어요. 잠이 통 오지 않아 뒤척거리고 있을 때, 스쳐 지나간 여러 가지 모습들이 어른거리며 나도 모르는 사이에 꿈 속 모험으로 빠져 들지요.

때로 꿈속은 무엇인지 잘 알 수 없는 것들로 가득 차 있어요. 깊이를 가늠할 수 없는 시퍼런 물속 같을 때가 있어요. 들어가 보고픈 호기심이 생기기도 하지만, 다른 한편으로는 두려운 마음에 움츠러들게 됩니다. 고요하고 깜깜한 밤은 모험이 시작되는 시간입니다. 아침이 오기까지 사람들은 어둠을 이겨내기 위해 무슨 상상이든 해야 하지요.

브라질의 동화 작가인 로저 멜로 아저씨는 혼자 눈 뜨고 있는 외로운 밤에는 자기 손가락들을 가지고 이야기를 만들면서 시간을 보냈대요. 낮에 본 낯선 것들이 손가락 주인공들의 이야기 속에서는 서로 만나 인사를 나누지요. 그리고 함께 미지의 세계로 여행을 떠나곤 해요. 그들의 신비로운 모험은 하루 밤에 끝나지 않고 다음 밤, 또 다음 밤으로 이어졌답니다. 뜻을 알 수 없던 글씨는 그림이 되었고, 글씨와 그림은 같이 춤을 추며 이야기를 만들었어요.

다음 그림을 보세요. 지금 우리의 주인공소년은 엄마가 손뜨개로 떠준 이

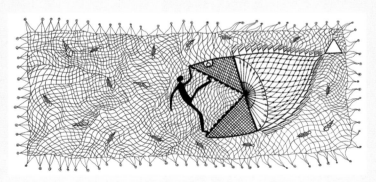

로저 멜로, 〈실 끝에 매달린 주앙〉, 2005, 종이 위에 펜
출처: 예술의전당 디자인미술관, 《로저 멜로 한국 展: 동화의 마법에 홀리다》, 2014

불을 덮고 둥둥 잠의 바다를 떠다니고 있어요. 그런데 살랑살랑 편하게 잠든 게 아니었군요. 갑자기 사람보다 몇 배나 큰 물고기가 나타나 위협하고 있으니까요. 물고기는 입을 쩌억 벌리고 소년을 꿀꺽 삼키려고 하는 것 같아요. 소년은 온몸으로 물고기의 입을 막아 버텨보지만, 어쩌지요? 힘들겠는걸요. 물고기는 결국 이불에 큰 구멍을 내고 만답니다. 이 구멍 때문에 이불의 실도 스르르 풀리기 시작해요. 소년은 이불이 없으면 잠을 잘 수 없을 텐데… 소년이 어떻게 지혜롭게 하룻밤을 견뎌낼지 궁금합니다.

이어지는 이야기를 어서 알고 싶은데, 벌써 아침이 밝아 옵니다. 빛이 들자, 손가락 주인공들은 스르르 사라져 버리고, 말할 줄 모르는 진짜 손가락만 남겨졌어요. 상상의 세계를 돌아다니다 보니, 혼자 눈뜨고 있던 그토록 지루하던 밤이 아쉽게도 금세 끝나버렸습니다. 로저 아저씨, 오늘 밤엔 어떤 모험이 계속되나요? 어서 밤이 왔으면 좋겠어요.

어린이와도 친구가 될 수 있는 사물 분류법

❶ 낱말 짝짓기 놀이를 해 볼까요?

소, 늑대, 풀, 토끼, 닭, 피아노, 비둘기, 오리, 돼지, 장미, 연필.

❷ 이중에서 어울리는 것들을 3개 골라 묶은 후, 그렇게 묶은 이유를 말해 봐요.

어른A는 소, 풀, 토끼를 골랐어요. (소와 토끼는 풀을 먹고 살기 때문입니다.)

중학생B는 닭, 비둘기, 오리를 택했지요. (모두 새니까요.)

어린이C는 돼지, 피아노, 장미를 짝지었어요. (흠… 도무지 이해하기 어렵지요?)

어린이C가 본 그림책에서 '돼지'는 늑대의 집에 놀러가서 '피아노'를 가르쳐주며 친구가 됐대요. 그래서 늑대는 돼지한테만 집안 대대로 전해오는 푸른 '장미'의 비밀에 대해 이야기해 주었다고 합니다.

❸ 현실에서는 주어진 환경이 비슷한 낱말들을 묶게 되지만, 어린이를 위한 그림책과 동화에서는 어떤 묶음이든 가능하다는 걸 명심하세요.

작가캐릭터 만들기

2020년에 '부캐^{副캐릭터의 준말}'라는 말이 생겨 유행어가 되었습니다. 어느 TV프로그램에서 연예인 유재석이 '유산슬'이라는 트로트가수 캐릭터를 만들면서 쓴 용어인데요. '유산슬'이라는 이름을 쓸 때 유재석은 평소의 자신과 전혀 다른 모습으로 행동합니다.

부캐는 한 사람의 내면에 주가 되는 자아가 아닌, 부가 되는 또 다른 자아들이 있다는 차원에서, 심리학자들은 대체자아^{alter ego}라든가 자아정체성 개념과 연결하여 이해하기도 해요. 일본의 소설가 히라노 게이치로는 에세이집 《나란 무엇인가》에서 부캐와 비슷한 '분인^{分人}'의 개념을 제시했어요. '나누어지다'는 영어로 divide이고, 개인^{個人}은 더 이상 나누어 질 수 없다는 뜻에서 in-dividual입니다. 하지만 그가 내놓은 새 단어인 분인은 나누어질 수 있는 존재, dividual입니다. 타인과의 관계 속에서 누구를 만나느냐에 따라 매번 자신의 캐릭터가 조금씩 다른 분위기를 풍기게 되죠. 가령 가족 앞에서의 나와, 지금 직장동료들 사이의 나, 그리고 예전 고등학교

친구들 속에 긴 나는 한 자리에 합석할 수 없을 만큼 이질적으로 행동하고 있을 겁니다. 나는 하나의 캐릭터로 이해될 수 있는 개인이 아니라, 여러 역할연기를 수행하는 분인들로 이루어졌으니까요.

예전에 자신이 쓴 글을 읽었는데, 과연 내가 쓴 게 맞을까 의심해 본 적 있나요? 글 쓸 때 나타나는 나의 대체자아가 쓰지 않았을까 짐작해 봅니다. 집필할 때만큼은 자신의 익숙한 모습을 벗어나기 위해 필명을 쓰는 작가도 있습니다. 저는 노트북 컴퓨터를 두 개 따로 마련한 경험이 있어요. 하나는 학술논문용이고 다른 하나는 대중서 저술용이었지요. 각 노트북의 전원을 켤 때 내 캐릭터들 중에서 글의 성격에 어울리는 하나만 호출되도록 의도한 것이었습니다.

작가가 어떤 사람인지는 오로지 글을 통해 알게 되지요. 그런데 책이 베스트셀러가 되고 나면 책과 관련되지 않은 장소에서 저자의 일상 속 민낯을 궁금해 하는 독자도 생겨요. 아마도 사적인 삶만이 저자의 진면모일거라고 믿는 모양이에요. 정말로 저자를 더 알고 싶다면, '저자와의 대화'라든가 '출간 인터뷰' 같은 코너에서만 만나실 것을 권해드립니다. 그 외의 장소에서는 작가분도 책 내용과는 상관없는 별개의 캐릭터로 살고 있을지 모르니까요.

저는 《곰돌이 푸 Winnie-the-Pooh》의 창조자들을 좋아하는데, 오직 그 책을 쓰고 그린 이들로서의 삶만을 알고 있을 뿐이지요. 작가캐릭터는 작품의 성격이라든가 등장인물을 이해하는 데 큰 도움을 줍니다. 책과 저자를 연결시켜 쓴 다음 제 글을 읽어보세요.

영국의 삽화가를 이야기할 때 빼놓을 수 없는 인물이 있는데, 어니스트 하워드 셰퍼드E. H. Shepard, 1879-1976입니다. 《펀치》의 인기 삽화가였던 셰퍼드는 1924년에 한 소년과 그의 곰이 나오는 이야기의 삽화를 담당하게 되었는데요. 어린이들에게 친숙한 '곰돌이 푸'의 이미지는 바로 그의 손에서 그려지게 됩니다. 이야기를 쓴 작가는 알란 알렉산더 밀른A. A. Milne, 1882-1956인데요. 밀른의 동심 가득한 글은 셰퍼드의 사랑스런 그림과 완벽하게 어우러졌고, 두 사람이 창조한 《곰돌이 푸》는 전 세계적으로 수백만 부가 판매되는 베스트셀러가 되었습니다.

이 책의 주인공인 크리스토퍼 로빈에게는 곰돌이 푸와 더불어 당나귀, 아기 돼지, 캥거루, 호랑이, 그리고 부엉이가 있습니다. 각각 이름이 있고 개성 있는 성격을 가지고 있어요. 크리스토퍼에게 이 친구들은 하나하나가 특별해요. 크리스토퍼는 작가 밀른의 아들이름이고, 푸는 크리스토퍼가 가장 좋아하는 커다란 곰 인형의 이름입니다. 밀른은 아들이 인형과 즐겁게 노는 모습을 보면서 숲에서 놀던 자신의 어린 시절을 떠올렸어요. 푸의 이야기는 근거 없는 상상이 아니라, 어른이 된 작가가 아들의 모습을 통해 지난 추억을 돌아보는 경험을 바탕으로 하고 있습니다.

옆쪽의 좌측 이미지는 크리스토퍼와 친구들이 숲에 있는 조그만 다리 난간에 기대어 서서 개울이 흘러가는 것을 오래도록 바라보는 장면인데요. 가끔 이들은 나뭇가지를 물에 던져서 어디까지 멀리 가는지 구경하기도 합니다. 주인공 소년이 제일 잘 하는 일은 이렇듯 아무 것도 하지 않고 시간을 보내는 일이에요.

(좌) E.H. 셰퍼드, 〈곰돌이 푸, 피글렛, 크리스토퍼 로빈이 나뭇가지로 놀다〉
(우) E.H. 셰퍼드, 〈푸가 나뭇가지에 앉아 있고 그의 옆으로 10개의 꿀병이〉
출처: 소마미술관,《안녕, 푸》展 도록, 2019. ⓒThe Shepard Trust

　오른쪽은 꿀통과 함께 나뭇가지 위에 앉아있는 푸의 모습입니다. 푸는 달콤한 꿀을 너무나 좋아해서, 꿀만 먹으면 금세 행복해져요. 하지만 아껴먹지 못하는 게 흠이라고 할까요. 열 개의 꿀통을 첫째 날에 무려 네 통이나 먹어치우더니 결국 4일째 되는 날에 마지막 한 통 남은 것을 보며 아쉬워하지요. 이 동화는 어린이에게 교훈을 주는 내용은 담지 않았어요. 꿀을 모으기 위해 일하는 내용도 없고, 미래를 위해 저축하는 이야기도 없습니다. 아무 일도 하지 않는 걸 잘 하는 소년과 단 것을 참지 못하는 뚱뚱한 곰이 주인공이니까요.

　100년 전 영국에는 어린이 책의 종류는 많았지만, 정말로 어린이다운 상상이 담긴 책은 아직 별로 없었습니다. 어린이에게 바람직한 생활습관을 들이게 하려는 훈계의 의도가 담긴 내용이나, 권선징악勸善懲惡의 교훈이 담긴 글이 다수를 차지했거든요. 푸 이야기와 그림이 많은 이들의 사랑을 받은 이유는 밀른과 셰퍼드가 자신들의 어린 시절로 돌아가서 글을 쓰고 그림을 그렸기 때문일 거예요.

두 사람은 곰돌이 푸를 쓰고 그리는 동안 작가와 삽화가로서 유명해지기도 했지만, 멋진 아빠로 변하기도 했을 겁니다. 어린이처럼 상상하고, 어린아이와 잘 통하도록 재치 있게 말할 줄 알게 되었을 테니까요. 곰돌이 푸는 어느 누구보다 그 두 아빠들에게 최고의 선물이 아니었을까요? 푸의 책은 30개의 언어로 소개되었고, 한 번도 절판된 적이 없는 최고의 어린이 책으로 여전히 그 자리를 굳건히 지키고 있습니다.

캐릭터의 이미지를 활용해 보기

건조한 내용의 글을 쓸 때 접근성을 높이려면 어떻게 해야 할까요? 일러스트레이터와 협업하여 캐릭터의 이미지를 창안해 보는 것도 시도할 만한 방법 중 하나입니다. 이미지로 탄생한 캐릭터는 글이나 그림 속에서 뿐 아니라 연극, 영화, 텔레비전, 인터넷, 테마파크 등 그림과 이야기가 있는 곳이라면 어디든 끼어들 수 있지요. 어디에서나 친근하고 편안한 안내자 역할을 수행해요. 일반적으로 캐릭터들은 최고의 위치에 있는 사람이거나 엄청난 교육을 받은 수재가 아닙니다. 우리 중 평범한 누군가와 닮은 사람이에요. 엉뚱하고 실수도 잦고, 특이한 버릇도 가지고 있는 편이 좋아요.

　다음은 브라질의 '모니카'라는 캐릭터를 탄생시킨 마우리시우 지 소우자 Mauricio de Sousa, b.1935를 소개하는 제 글입니다. 캐릭터가 어떤 역할을 하는지 짐작할 수 있을 거예요.

　브라질의 어린이들은 모니카와 함께 자라나요. 모니카를 보면서 말도 배우고, 모니카가 이끄는 손을 잡고 세계 곳곳을 구경하기도 합니다. 모니카는 앞니 두 개가 토끼처럼 커다란 7살 소녀예요. 삼손이라 불리는 토끼인형을 늘 들고 다니지요. 힘이 세서 무거운 것을 척척 들어 올려요. 게다가 늘 즐거운 성격이라 화를 내는 일은 거의 없답니다. 화가 난다 해도, 금세 잊어버리고요.

　모니카의 아버지, 그러니까 모니카라는 캐릭터를 탄생시킨 사람은 마우리시우 지 소우자입니다. 이분은 어릴 적부터 그림과 동화에 대한 관심이 컸고,

㈜ 마우리시우 지 소우자, 〈모니카 비너스의 탄생〉, 1992, 캔버스에 아크릴물감, 80 x 120cm
㈜ 마우리시우 지 소우자, 〈스승과 그의 제자들〉, 2015, 캔버스에 아크릴물감, 143 x 119cm
출처: 경기도미술관, 《모니카와 떠나는 세계명화 여행–루브르에서 메트로폴리탄까지》展 도록, 2015

신문이나 잡지의 삽화를 그리는 것이 꿈이었어요. 마우리시우가 처음으로 그린 연재만화는 프랭클린과 강아지 블루의 모험 이야기였는데, 얼마 지나지 않아 엄청난 인기를 끌게 돼요. 덕분에 마우리시우는 만화가로 유명해지게 됩니다. 그 후속으로 선보인 '모니카와 친구들'도 역시 대단히 성공적이었지요. 브라질 사람들에게 모니카는 너무나 친근한 나머지 가족과 다름없는 존재가 되어 있으니까요.

　마우리시우는 어린이들이 그림 앞에서 괜스레 주눅 들고 어려워하는 모습을 보고 안타까운 마음이 들었어요. 미술관은 아이들에게 마냥 편한 곳은 아니죠. 작품을 만져서도 안 되고 뛰어다녀서도 안 되고, 떠들어서도 안 되니까요. 마우리시우는 명화 패러디 작업을 시작했어요 (원본이 있는 상태에서, 그 원본을 흉내 내어 의미를 다르게 바꾸어 놓는 것을 패러디라고 합니다. 패러디는 원본에 대한 관심을 더 불러일으키는 효과가 있어요).

　왼쪽 그림을 먼저 볼까요? 인어로 꾸민 모니카가 커다란 조개를 타고 나타났어요. 천사들이 입으로 바람을 불어 조개를 해변까지 밀어주네요. 이 그림의 원작은 이탈리아의 옛 화가 산드로 보티첼리가 그린 〈비너스의 탄생〉입니다. 실제 그림 속에서는 아름다운 긴 머리카락으로 몸을 감싼 비너스가 조개 위에서 수줍은 표정으로 서 있어요. 모니카의 표정도 약간 수줍어 보이지 않나요?

오른쪽은 한국에 온 모니카와 친구들이랍니다. 원작은 조선시대 김홍도가 그린 〈서당〉이지요. 마우리시우 자신이 서당의 훈장님으로 나옵니다. 책상 위에는 칸칸이 나뉜 만화 대본이 놓여 있고, 학생들도 같은 책을 보고 있습니다. 한 꼬마가 꾸지람을 들었는지, 훈장님 앞에서 등을 돌린 채 훌쩍이고 있어요. 이 꼬마의 이름은 처크빌리인데, 자기는 만화 속에 통 등장시켜주지 않아서 울고 있는 거래요.

캐릭터들은 나이를 먹지 않아요. 맨 처음에 사람들에게 소개되었던 그 나이로 평생을 지내거든요. 모니카도 1970년생이니까 일곱 살이 아니라 어느덧 쉰이 넘은 중년이 되었군요. 어른들도 캐릭터를 만나면 동심으로 돌아가요. 어린 시절을 함께 보냈던 추억 속의 친구니까요.

캐릭터 하나에 빙의해 보세요

아이에게 책을 권하는 어른의 목적은 광범한 차원의 '교육'입니다. 자아계발, 창의력 증진, 인성 및 감성함양 등이겠지요. 하지만 어린이를 교육의 대상으로만 여기면 어린이용 글을 쓰기 어렵습니다. 어린이와 눈높이를 맞추어 쉽게 쓴다는 생각은 일단 접고, 직접 어린이 캐릭터 하나에 빙의해 보세요. 고루하게 가르치려들던 당신의 태도가 달라질 겁니다.

네티즌을 대상으로 하는 글쓰기

블로그 같은 개인미디어에 수시로 글을 올리면서 인터넷 작가로 활동하고 계시는 분이 많습니다. 인쇄 후 쉽사리 1만 부를 넘기기 어려운 종이책의 판매부수와 비교해 볼 때, 인기 있는 개인미디어에 클릭 수가 2만을 훌쩍 넘기는 것을 보며 저는 부러워서 감탄하곤 합니다. 그들은 아마추어 작가라는 말을 쓰기가 무색하게, 필력이 대단한 사람들이지요.

네티즌의 호응을 얻는 작가는 글에 얹힌 클릭의 수치만큼 대중을 상대로 영향력을 행사한다고 볼 수 있습니다. 하지만 대중의 호응은 마냥 즐길 수만은 없는 것이기도 해요. 독자 규모가 커질수록 글을 쓸 때 부담과 책임이 커져 몇 배 더 긴장해야 하니까요.

대중서를 펴내려는 작가 지망자가 맨 처음 알아야 하는 것은 대중이라는 독자는 과연 누구냐 하는 것입니다. 그 이유는 글의 가독성을 고려해야하기 때문입니다. 대중독자의 범위는 청소년부터 노인까지 중간정도의 평균 교육수준을 가진 익명의 일반인인데요.

대략 만 13세부터^{teenager(13-19세)} 청소년기에 포함시키니까, 중학생 정도의 지성과 감성으로 충분히 이해할 수 있는 정도의 문장을 구사해야 한다는 뜻입니다. 노인의 경우는 책을 즐길 수 있을 정도의 건강한 정신과 시력을 가지고 있으면 아무리 고령일지라도 노인 독자층에 포함되겠지요.

네티즌의 경우는 대중과 거의 비슷한 범위이지만 독자의 나이가 별반 상관없습니다. 인터넷 사용에 익숙한 층이라면 초등학생까지 포함되니까요. 웹 세상에서는 잠재적 독자의 평균 연령이 좀 더 어려지는 셈입니다. 글의 내용이 네티즌 사이에 퍼지는 속도는 인쇄물보다 몇십 배속으로 빠릅니다. 확산력과 파급효과의 차원에서 인쇄물을 훨씬 능가하는 것이죠. 그렇기 때문에 개인미디어에 글을 실을 때에는 가독성도 물론 신경 써야 하겠지만, 실수가 없도록 거듭 '신중'해야 할 겁니다. 글을 쓴 후 바로 업로드를 누르지 말고, 혹시 나중에라도 난처한 입장에 처하게 만들 문장은 없는지 꼼꼼히 검토해야 해요.

신중을 기하기 위한 간편 체크리스트

❶ 타인이나 타 집단에 대해 편견을 가지고 폄하하는 발언을 하지 않았는가?

(맥락이 분명하거나 주장하는 바가 있는 경우에도 사회적으로 예민한 이슈에 대해서는 글을 다듬어 내보낸다.)

❷ 편협한 정보를 제공하고 있지는 않은가?

(관심유발을 목적으로 일부 자극적인 내용만 두드러지게 강조하지 않도록 한다. 근거자료를 제시할 때 부분으로 전체를 말하는 오류를 범하지 않는다.)

❸ 다른 목적으로 이용당할 만한 모호한 글귀가 포함되어 있는가?

(자신의 글이 본래의 의도와 달리 엉뚱한 곳에서 인용되고, 예상치 못한 방식으로 해석되는 것은 썩 유쾌하지 않다는 것을 명심한다.)

2

이야기 구조에
편승시키기

스토리텔링을 위한 은밀한 작업

역사와 문학에는 미술에는 부족한 '이것'이 풍부하게 들어있습니다. '이것'은 무엇일까요? 바로 '이야기'입니다. 이 책《이미지로 글쓰기》의 궁극적인 목적도 이미지를 이야기처럼 풀어쓰는 것이지요. 미술작품에는 이야기가 없는 것도 있고, 설령 있다 하더라도 시각적으로 압축된 형태로 제시됩니다. 고대 헬레니즘 문화를 대표하는 〈라오콘과 아들들〉을 예로 들어볼까요.

참담한 심정으로 일그러진 라오콘의 표정과 고통으로 뒤트는 몸을 보세요. 그 모습을 대면하는 것이 사실 이미지 감상의 전면모일 수도 있습니다. 하지만, 문득 '저들에게 도대체 무슨 사연이 있는 걸까?'하고 궁금해진다면, 그때가 이야기가 필요한 순간이에요.

〈라오콘과 아들들〉은 18세기의 미술사학자들이 이미지의 표현력과 글의 표현력에서 어느 것이 우위인가에 대해 논의하면서 예로 들었던 작품이기도 합니다. 라오콘 논쟁에서 독일의 미술사가 빙켈만 Johann Joachim Winckelmann, 1717-1768 은 문학이 언어로 이루 설명할 수 없는

〈라오콘과 아들들〉, 1세기경, 높이 2.4m,
바티칸미술관

것을 미술에서는 물리적으로 함축시킬 수 있다고 주장하며, 미술의
우위성을 편들었어요.

한편 레싱Gotthold Ephraim Lessing, 1729-1781은, 역시 독일의 저술가이자
미술비평가인데, 저서 《라오콘Laocoön》에서 미술은 공간적 예술이고
문학은 시간적 예술이라며, 둘의 표현방식이 다르다는 것을 인정했
어요. 미술은 한 눈으로 파악할 수 있는 압축성에 미학적 핵심이 있
으며, 문학의 경우는 서사적敍事的: 순서대로 사건을 전개시킴인 측면에 고유의
가치가 있다고 지적했습니다. 미술사학자들의 라오콘 논쟁에서 알
수 있는 사실은 글과 이미지가 별개가 아니라는 것입니다. 둘은 경
쟁의 구도 속에서 서로 보완이 가능한 표현방식으로 발전해 왔지요.

독자의 상상력을 모아주거나 풀어내는 효과

소설에 삽화를 넣으면 글 속에 흩어지기 쉬운 독자의 상상력을 하나로 모
아주는 효과가 있어요. 반대로 미술작품을 해석할 때 문학적 내러티브
(narrative)를 끌어들이면 이미지 속에 겹겹이 함축된 의미들을 순서대로 나열
시킬 수 있습니다.

화가의 일화를 배경으로 글쓰기

그림의 배후에는 화가라는 인간이 있습니다. 보통 사람들과 크게 다르지 않은 일생일지라도 그림이 유명해지면 화가의 생애도 하나의 신화가 되기 마련이지요. 그림은 화가가 그린 것이기에 화가의 삶이 어떤 방식으로든 녹아 있을 겁니다. 하지만, 앞 장에서 다루었듯, 여러 내·외적 변수가 복합적으로 작동하여 한 작품의 의미를 형성하기 때문에 개인의 삶에서만 단서를 얻는다면 평면적인 해석이 될 우려가 크지요.

한 사람의 생애를 이야기로 쓰다보면, 두드러진 특징 한두 개가 반복적으로 나타나게 됩니다. 전기傳記 작가는 그 반복되는 부분을 중심으로 글을 엮어나가게 돼요. 명화를 감상하는 이들이 은근히 기대하는 예술적 삶의 양상이 있어요. 그것은 바로 '예술가라서 역시 특별하구나'하는 느낌을 주는 것으로 천재성과 광기, 그리고 고독이 있습니다. 이를테면 〈절규〉의 화가, 뭉크Edvard Munch, 1863-1944는 태어날 적부터 지독하게 불안하고 외로워서 아무와도 그 심경을 나눌 수 없었고 오로지 예술로밖에 해소할 길 없었다는 식의 스토리죠.

이미 대중에게 익숙한 화가들의 경우 비범함과 일탈을 둘러싼 여러 일화들이 이미 신화로 고착되어 도리어 작품의 폭 넓은 이해를 방해하기도 합니다. '이것은 ○○이다'라는 고정관념을 주입하지 말고, 작품을 좀 더 심도 있게 바라볼 수 있도록 안내하는 글쓰기를 권합니다.

다음은 2020년에 제주도 빛의 벙커에서 열렸던 반 고흐 전시를 위해 제가 쓴 서문의 일부입니다. 반 고흐의 〈까마귀가 나는 밀밭〉은 화가의 자살

직전 불안한 심경을 드러낸 그림으로 널리 알려져 있거든요. 저는 그 그림 대신 〈아몬드 꽃〉을 화가의 죽음과 관련지어 조명해 보았습니다.

어떤 예술가든 작품이 인생과 연결되겠지만 빈센트 반 고흐Vincent van Gogh, 1853-1890처럼 직결되는 예는 찾기 어렵다. 서른일곱이라는 짧은 생을 친구도 거의 없고 아내와 자식도 없이 오롯이 그림 그리는 일에 바친 화가이기 때문이다.

반 고흐가 그린 작품의 수는 총 2,000점이 넘는데, 〈해바라기〉, 〈별이 빛나는 밤〉, 〈반 고흐의 방〉 등 우리에게 잘 알려진 그림들은 프랑스 남부인 아를에 내려간 1888년부터 오베르에서 죽음을 맞이하는 1890년까지, 2년 반 사이에 대부분 이루어졌다. 그 2년 반이라는 밀도 높은 기간 동안 반 고흐는 간단한 식사와 오후의 가벼운 산책시간을 제외하고는 하루 종일 쉬지 않고 자신의 모든 에너지를 그림에 쏟아 부었던 것이다.

그림을 본업으로 시작하기 전에 반 고흐는 고향인 네덜란드에서 목회자의 길을 가려고 했었다. 하지만 뛰어난 목사가 되기에는 그의 화술話術이 따라주지 못했다. 유머 감각이 전혀 없이 마냥 진지하게 늘어놓던 그의 설교는 듣는 이를 숨 막히게 하곤 했다. 붓과 물감을 잡으면서부터 반 고흐는 오로지 그림만이 자신이 존재하는 이유이자 하늘이 주신 뜻이라고 생각했다. 그에게 그림 그리는 일은 빵을 얻기 위해 인간으로서 해야 하는 노동이기도 했다.

아를에 있는 동안 약 9주 동안 반 고흐는 폴 고갱Paul Gauguin, 1843-1903과 함께 지냈다. 파리에서 오래 살았던 고갱은 반 고흐와 달리 대도시 생활이 몸에 익어 있었지만 새로운 예술적 영감을 찾아 도시를 벗어나려고 시도하는 중이었다. 두 사람은 아를에서 서로의 모습을 그려주거나 비슷한 소재로 각자 그림을 그리고 난후 예술적 대화를 나누곤 했다. 하지만 예술적 기질이 너무도 다른 두 사람이 공동생활을 계속하기는 어려웠다. 고갱과의 말다툼

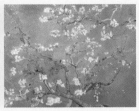

(좌) 빈센트 반 고흐, 〈까마귀가 나는 밀밭〉, 1890, 캔버스에 유채, 50.2 x 103cm, 반 고흐미술관, 암스테르담
(우) 빈센트 반 고흐, 〈아몬드 꽃〉, 캔버스에 유채, 1890, 73 x 92cm, 반 고흐미술관, 암스테르담

이 있던 날, 고갱은 집을 나가 영영 돌아오지 않았고 반 고흐는 면도칼을 가지고 스스로 귀를 잘랐다. 목회자 시절부터 자기질책을 많이 하던 성격이었으니, 그날도 아마 고갱이 떠난 것을 자기 탓으로 돌리며 견디기 힘들어했던 모양이다.

귀를 자르는 극단적인 사건 때문에 우리는 반 고흐를 난폭한 성격의 소유자라고 오해하곤 한다. 하지만, 그는 지나치게 예민하다거나 변덕스러운 사람이 아니었다. 그가 마지막으로 머물던 하숙집 가족의 기억에 의하면, 반 고흐는 말수가 적고 온화하고 다정다감한 편이었으며 표정이 밝았다. 게다가 일상은 거의 규칙적이어서, 빵과 커피로 아침식사를 끝낸 9시쯤이면 그는 예외 없이 입에 파이프 담배를 문 채로 이젤과 화구 상자를 들고 들판으로 나가 야외작업을 했다. 그리고 정오가 되면 점심을 먹으러 어김없이 돌아왔다. 오후 시간대에는 보통 자기 방에서 마저 그림을 그렸다. 하숙집 가족은 고흐가 생을 마감한 원인이 자살이 아닌 실수였으리라 믿는다.

〈까마귀가 나는 밀밭〉에 대해서도 약간의 선입견이 있다. 이 그림은 반 고흐가 죽던 해인 1890년에 그려진 그림은 맞으나, 죽기 직전에 마지막으로 이 그림을 그렸다는 것은 사실이 아니다. 먹구름이 가득한 하늘에 까마귀 떼가 하늘을 검게 덮어 화가의 불안한 기분 상태를 표현하고 있는 그림이지만, 그렇다고 해서 그의 광기어린 죽음을 부른 불길한 그림까지는 아니다. 오히려 반 고흐의 마지막은 물빛 하늘을 배경으로 탐스럽게 활짝 핀 온화한 분위기의 〈아몬드 꽃〉으로 기억되어야 할 것 같다.

아몬드 나무가 팝콘처럼 꽃망울을 터트린 〈아몬드 꽃〉은 반 고흐가 죽기 얼마 전에 그린 것이다. 늘 믿고 의지하던 동생 테오에게서 예쁜 아이가 태어나자, 삼촌이 된 빈센트는 조카가 생긴 기쁨에 이 그림을 그려 선물한다. 맑은 하늘색을 어린 조카는 무척이나 좋아했다. 가득 피어오른 아몬드 꽃그림은 어린 조카의 침실에, 그가 어른이 될 때까지 항상 걸려 있었다. 반 고흐의 죽음이 영원한 예술로 재탄생하는 순간이다.

출처: 이주은, 〈아몬드 꽃으로 피어난 화가, 빈센트 반 고흐〉의 일부,
제주도 빛의 벙커 《반 고흐》展 도록, 2020.

영화의 줄거리를 틀로 삼기

영화는 오늘날의 예술장르 중에 가장 대중적 접근성이 뛰어납니다. 한 시대를 풍미한 인기 영화는 우리나라만으로 범위를 축소하더라도 천만이 넘는 관객 수를 확보하고 있지요. 그렇기 때문에, 다소 낯선 지인들과의 썰렁한 대화중에도 영화 이야기를 꺼내면 분위기를 활기차게 바꿀 수 있습니다. 입을 꾹 다물고 있던 이들도 "나도 그거 봤는데…"라고 호응하며, 뭔가 말하고 싶어 입주변이 실룩실룩해지니까요.

그림을 설명하는 글에서도 영화 내용을 적절히 가져오면 관심을 빠르게 불러일으킬 수 있습니다. 영화의 감성을 그림에 입힐 수도 있고요. 다음은 2021년 소의 해를 맞은 설날에 〈내 마음속의 황소〉라는 제목으로 한겨레신문에 실렸던 제 글의 일부입니다. 소가 나오는 영화 〈워낭소리〉를 인용하여 소년과 소가 등장하는 그림에서 고향의 정겨운 분위기가 애틋하게 다가오도록 감성효과를 입혔지요.

월전 장우성1912-2005이 그린 〈귀목〉을 보면, 소가 화면 한 가득 차지하고 있고 그 소와 더불어 집으로 돌아가는 소년이 주인공이다. 소년은 소가 먹을 여물을 망태기에 가득 담아 어깨에 메고 간다.

옛 농촌에서는 부모님이 논밭에서 일하는 동안, 송아지에게 줄 꼴을 모으고 먹이를 주며 돌보는 일은 소년의 담당이었다. 그러는 과정에서 송아지는 소년의 마음을 가장 잘 알아주는 소꿉친구로 함께 자라게 된다. 소의 목에는 맑은 소리를 내는 쇠로 된 작은 워낭이 달려 있다. 말이 통하지는 않지만, 오랜 시간을 소와 같이 지내다보면 워낭소리만 들어도 소가 지금 어떤 기분인지 짐작할 수 있다고 한다.

하지만 소년은 언젠가는 소와 이별하는 슬픔을 겪게 된다. 소가 시장에 팔려가는 날, 혹은 소년이 자라 다른 도시로 공부하러 가거나 일자리를 얻어 떠나는 날이다. 소와의 추억이 남아있는 고향을 몇 번이나 뒤돌아보며 소년은 도시로 향한다. 그렇게 이별의 아픔을 겪으며 소년은 성장한다. 성장했다는 것은 소년이 나만의 소를 마음속에 간직하게 되었다는 뜻이다.

영화 〈워낭 소리〉2009에는 농촌에서 평생을 보낸 할아버지와 나이 든 소가 나온다. 소년과 송아지로 만나 젊은 시절을 오롯이 함께 한 그들이다. 할아버지는 귀가 어두워졌지만 워낭소리만큼은 멀리서도 어김없이 알아챈다. 마음으로 그 소리를 듣게 되었기 때문이다. 소도 이제 기력이 없어 굼뜨고 꾸벅꾸벅 졸기 일쑤지만, 할아버지가 부르면 벌떡 일어나 걷는다.

할아버지는 형제처럼 정이 든 소를 도저히 장에 내다팔 수가 없다. 그의 삶 속에는 거의 언제나 그 소가 자리하고 있었기에, 소와 이별한다는 것은 곧 자기 자신의 추억을 모두 버리는 것과 다름없다. 늙은 소는 곧 할아버지

장우성, 〈귀목〉, 1935, 비단에 수묵채색, 145 x 178cm. 국립현대미술관

의 분신이었다. 소가 죽어 영영 곁을 떠나버린 후에도 할아버지의 귀에는 그리고 가슴 속 깊은 곳에서는 저 멀리 정겨운 워낭소리가 딸랑딸랑 하고 울려 퍼진다.

장우성의 그림 속에서 소년이 소를 데리고 집으로 돌아오는 모습에서는 불교적인 성장의 개념도 깃들어 있다. 〈십우도十牛圖〉라는 선禪 수행을 위한 불교그림에서는 깨달음을 열 단계로 구분하는데, 이 그림들에 소가 등장한다. 십우도는 한 사람이 삶의 여정에서 자신이 누구인지 깨우쳐가는 과정을 자기만의 소를 찾는 것으로 비유한다. 소년이 거친 소를 만나 야생성을 길들여 마침내 고삐를 꿰고 줄을 매어 집으로 끌고 온다. 이때 소년이 처음 마주한 야생의 황소는 나중에 서로에게 익숙해지면서 흰색으로 변하게 된다. 흰 소는 소년의 마음속에 들어온 소의 모습인 셈이다.

누구든지 내 안에 있는 소를 키우며 살아간다. 특히 흰 소는 나와 함께 정신적으로 원숙해져갈 인생동반자처럼 내 마음 속을 굳건히 지키고 있다. 설날이 온다. 마음속의 흰 소를 잘 몰고 가는 한 해가 되었으면 한다.

출처: 이주은, 〈내 마음의 황소〉, 한겨레신문, 2021년 2월 6일자

재미를 위한 무대 제공하기

누군가 당신에게 이야기를 하나 들려준다고 해 봅시다. 이야기가 그냥 그것으로 끝나버리던가요, 아니면 마음속에 길고 잔잔한 여운을 남기던가요? 만일 전자라면 틀림없이 재미없는 이야기일 겁니다. 그냥 잊어버려도 무방하겠지요.

재미있는 이야기라면 그 안에 머물 수 있는 공간이 있어요. 초대받은 이가 쉬거나 거닐 수 있는 공간 말이에요. 그 공간은 낮에 운동장을 바라보던 햇볕 가득한 옛 교실의 창가일 수도 있고, 어릴 적 아빠와 함께 심었던 채송화 꽃밭이 있는 정원일 수도 있어요. 마음이 답답할 때 올라가면 시원한 바람이 불어 상쾌했던 건물 옥상일지도 모르고요. 독자는 그 공간에서 바로 빠져나오지 못해요. 스스로 겪었던 경험들이 떠오르면서 추억 속에 한없이 맴돌게 되기 때문이죠.

'재미있다'의 반대말은 무엇일까요? '지루하다'일 겁니다. 지루함을 벗어나기 위한 인간의 처절한 몸부림 중의 하나가 바로 이야기를 만드는 것입니다. 인간은 무엇이든 이야기 식으로 이해하길 좋아하기도 하죠. 《천일야화》의 이야기꾼, 세헤라자드를 아세요? 지루한 걸 못 참는 아라비아의 왕이 있습니다. 아무리 아름다운 여인을 보아도, 다음 날이면 지루해져서 어김없이 처단해 버리는 폭군이지요. 그런 왕에게 세헤라자드가 불려와 밤마다 이야기를 들려줍니다. 그녀에겐 재미있는 이야기를 짜내는 것이 곧 생존의 방식이었던 것입니다. 지루함은 소멸이고 재미는 생존이라는 세헤라자드의 원칙은 대부분의 글쟁이에게 적용됩니다. 작가로 살아남기 위해 재미는 일단 필수이니까요.

재미가 구체적으로 어떤 것이냐고요? 가난을 극복하기 위해 '잘 살아보자'며 밤낮없이 성실하게 일하던 우리의 조부조모 세대에게 재미는 인생을 낭비하는 게으름과 무책임을 뜻했습니다. 무언가 목적을 달성하기 위해 노력한다는 이유로 공부와 일은 지루해도 중요한 것이고, 재미있는 놀이는 그 반대되는 개념으로 하찮은 것으로 인식되어 왔어요. 그러니까 재미는 공부나 일 이외에 행해지는 여분의 행위에서 우러나온다고 여겨왔던 것입니다.

결국 성실하게 앞만 보고 달리던 많은 이가 세월이 지나 놀 줄 모르는 중년으로 성장했습니다. 그들은 여가가 주어져도 즐길 줄 모르고, 줄곧 자기 입장만 주장하는 속칭 '꼰대'가 되어 주변을 소소하게 괴롭히기도 해요. 어디에서 어떻게 재미를 찾는지 모르기 때문에 이상하게 자극적인 것에 돈을 써가며 무의미한 대접을 받고 그것으로 스트레스를 푸는 사람도 있습니다. 게다가 평소에 놀이의 사회적 규칙을 익힌 적이 없으니, 유머도 시의적절하지 못하고, 타인을 배려하는 대화나 행동에도 서툰 경우가 많아요.

사실 어디까지 놀이이고 어디서부터 공부나 일인지 정확하게 구별하기란 어렵습니다. 발명왕 토마스 에디슨은 "나는 평생 단 하루도 일을 하지 않았다. 그것은 모두 재미있는 놀이였다"라고 말했어요. 재미를 추구하는 태도가 그를 발명왕으로 만든 것입니다. 오늘날 재미는 유희의 본능을 가진 인간, 호모 루덴스Homo Ludens 와 관련하여, 각종 창의적인 활동 및 문화의 에너지원이라는 차원에서 중요성을 인정받고 있어요. 재미의 요소는 지성과 감성의 균형을 도모하기 위한 교육방식으로 적극 활용되는가 하면, 매너 있고 유머 넘치는 사회생활을 위해서도 강조되고 있습니다.

'호모 루덴스'라는 말을 쓴 사람은 네덜란드의 역사학자 요한 하위징아Johan Huizinga, 1872-1945로, 도구의 인간, 호모 파베르homo faber과 대비되는 개념으로 내세웠어요. 도구의 인간 가설에서는, 근대 세계의 노동 개념과 연관하여, 휴식과 놀이를 노동 역량을 증대시키는 데 필요한 부수적인 활동으로 간주합니다. 합리적 목적에 적합한 인간의 행위를 강조하기 때문에, 여가마저도 노동을 보완한다는 차원에서 합리적인 목적 추구 활동의 일환으로 이해하지요. 그러나 하위징아는 유희의 추구를 노동과 상관없는 자발적인 행위로 보았습니다.

톰 행크스가 나오는 〈빅 Big〉1988이라는 영화가 생각나요. 13살의 소년이 어느 날 축제에 놀러갔다가 마법의 기계 앞에서 "어른이 되고 싶어요"라고 말하자, 기적처럼 그 다음날 아침에 서른 살의 청년으로 변해있습니다. 청년의 몸을 가진 소년의 눈에는 원래부터 장난

정연두, 〈크레용팝 스페셜〉, 2014, 미디어, 무대설치, 퍼포먼스, 음악
출처: 삼성미술관 플라토, 《무겁거나, 혹은 가볍거나》展, 2014

감으로 만들어진 물건만 노리개가 아니지요. 주위에 놓인 물건들까지 모두 자연스럽게 재미를 위해 동원됩니다.

재미있는 것은 사람을 저절로 다가오게 만들어요. 물론 거기서 흥이 다하면 저절로 다른 것으로 옮아가게 합니다. 재미란 자기도 모르게 느꼈다가 사라지는 것이지, "재밌게 놀아봐야지"하고 결심한다고 해서 성취할 수 있는 건 아니지요.

영화 〈빅〉의 소년은 어른이 되면 무엇이든 할 수 있어 마냥 자유롭고 재미있을 줄 알았는데, 현실은 상상과 달랐어요. 나이가 들수록 사는 데 필요한 혜안은 생기지만, 흥미진진한 것을 찾는 눈까지 동시에 밝아지지는 않거든요. 그저 막연하게 재미가 나에게 오기만을 기다리다가는 결국 영영 자기 인생에서 재미를 떠나보내기 쉽습니다.

미디어 작업을 하는 예술가, 정연두b.1969는 전시장에 커다란 공연

무대를 설치해 놓았어요. 그가 발견한 재미를 무대 위에 올리기 위해서입니다. 어느 겨울날 길거리에서, 매섭게 추운 날씨에도 아랑곳하지 않고 지극히 평범해 보이는 소녀들이 신나게 공연을 했대요. 관심 있게 바라봐주는 사람은 거의 없었지만, 소녀들은 그저 춤을 추고 노래를 부를 수 있어서 마냥 즐거웠습니다. 어느덧 주위에 하나둘 모여들고 소녀들을 응원해 주는 사람들도 생겨났지요. 그리고 어느 순간 소녀들은 자기가 무대 위에 올라가서 춤을 추고 있다는 걸 깨달았어요.

참, 그런데 여기 이 무대는요. 이미 유명해진 소녀들을 위해서가 아니라, 그들을 열심히 응원했던 아저씨 팬을 위해 놓은 거라고 해요. 세상에는 이런 삶도 있고 저런 삶도 있습니다. 정작가는 우리가 평소에 보지 못하는 하나하나의 삶들을 관람하고 싶다는 생각으로 무대를 제공한 거예요. 사진으로 보는 이미지는 텅 빈 무대에 불과하지만, 이곳에 초대된 관람자들이 저절로 자기 이야기를 털어놓기 시작하겠지요. 때론 가볍고 때론 무거운 삶의 이야기들이 펼쳐질 겁

이미지에 재미를 접목시켜요

아름다운 이미지는 눈으로 봐서 만족감을 주고 감각을 풍요롭게 합니다. 하지만, 이미지 안에 오래 머물게 하려면 재미의 요소가 가미될 필요가 있어요. 이야기의 세계는 재미를 추구하지요. 재미있다고 해서 진지하지 못하다거나 이미지 본연의 아름다움을 해친다고 생각하기 쉬운데 그렇지 않습니다. 재미는 예술의 본성이기도 하거든요. 잘 기획된 이야기는 아름다움을 일깨우는데 도움을 줄 겁니다.

니다. 그리고 시선을 조금 옮겨 놓으면, 무대 주위에 늘어선 구경꾼들의 삶까지도 볼 수 있습니다.

글을 쓰는 여러분도 독자들을 이야기 속에 초대해 보세요. 어떤 이야기든 재미있는 것이라면 독자들이 그 안에 저절로 머물게 될 거예요. 글이 독자를 위한 무대가 되는 셈이죠.

이미지와 이미지를 연결하기

미국의 화가, 에드워드 호퍼Edward Hopper, 1882~1967에 관한 영화를 관객들과 함께 보고 감상평을 주고받는 시네마토크를 진행한 적 있었어요. 호퍼가 그린 13점의 작품을 연결시켜 시나리오를 만든 영화로, 제목은 〈셜리에 관한 모든 것 Shirley: Visions of Reality〉(2013)이었습니다. 그림 속에서 바로 튀어나온 것 같은 배우들이 작품 속의 장면을 그대로 연출해내고 있었어요. 영화에 완전 몰입해 버리기보다는 중간중간 퀴즈를 풀듯 호퍼의 그림을 찾아내며 과연 어떤 이야기로 꾸며졌을지 확인하는 과정이 즐거웠어요.

사실 이 영화를 보기 전에도 저는 호퍼의 그림을 볼 때마다 마치 영화 속 장면을 멈춰놓은 것 같다는 생각을 하곤 했어요. 이미지들이 이야기 흐름 속에 있는 것 같았으니까요. 먼저 봤던 그림이 다른 그림으로 이어지는 듯한 기분이라고 할까요. 이보다 10년 앞서 제작된 영화 〈진주귀걸이를 한 소녀 Girl with a Pearl Earring〉(2003)을 볼 때, 저는 이미 비슷한 아이디어를 품고 있었습니다. '호퍼의 그림을 가지고 이

요하네스 페르메이르, 〈물주전자를 든 소녀〉,
1665년경, 캔버스에 유채, 메트로폴리탄
미술관, 뉴욕

런 식으로 시나리오를 써보면 어떨까' 하고 말이죠. 〈셜리에 관한 모든 것〉을 제작한 감독에게 왠지 선수를 빼앗긴 느낌이었다니까요.

《진주귀걸이를 한 소녀》는 네덜란드의 화가, 요하네스 페르메이르 Johannes Jan Vermeer, 1632~1675의 그림들을 자료삼아 베일에 싸여있는 페르메이르의 생애를 상상한 소설의 제목이에요. 영화는 소설을 바탕으로 만들었어요. 페르메이르의 그림에는 한쪽에 창문이 있고 그 창문을 통해 노르스름하게 익은 것 같은 햇볕이 스며들어온다는 것이 특징이에요. 창문 곁에 놓인 탁자, 그 위로 우유나 물을 따라주는 여인, 그리고 벽에는 지도가 걸려있고, 바닥은 체스판 모양을 하고 있는 게 그림들의 공통점이지요. 그래서 우리는 상상하게 됩니다. '아, 여기가 화가의 작업실이겠구나' 하고요.

〈물주전자를 든 소녀〉라는 그림을 보세요. 영화에서는 화가의 작업실에 물을 채워주러 오는 수줍고 말없는 하녀, 그리트가 등장하지요. 가족 중 그 어느 누구도 페르메이르를 알아주는 이가 없습니다. 그림으로 돈벌이하기를 바라며 투자하듯 후원해 주는 부담스러운 장모와, 자신의 그림세계를 전혀 이해하지 못하는 아내, 그리고 화려한 수사를 동원해가며 찬사를 아끼지 않지만 그림은 단지 과시용일 뿐인 부자 고객들만 주변에 있거든요. 이 때 오직 단 한 사람, 그의 그림을 진심으로 알아주는 이가 있었어요. 바로 그리트였지요.

페르메이르에 대해서는 많은 기록이 남아있지 않습니다. 네덜란드 예술가들의 생애를 기록해놓은 책에서도 페르메이르가 빠져있는데, 그 이유는 그가 활동한 델프트라는 곳이 예술의 도시로 각광받는 곳이 아니었기 때문이에요. 기록도 부족한 데에다가, 그림이 워낙 신비롭기 때문에 그에 대해서는 무수한 상상이 맴돌고 있지요. 영화《진주 귀걸이를 한 소녀》는 가장 그럴듯한 상상 중 하나랍니다.

페르메이르와 호퍼의 그림에는 200년이 넘는 시간차가 있으면서도 닮은 점이 많습니다. 두 화가 모두 빛의 효과를 중시하였고, 적막이 흐르는 배경을 그렸어요. 고요함 속에서 인물은 자기 혼자만의 세계에 빠져 있습니다. 〈진주귀걸이를 한 소녀〉가 화가의 삶을 배경으로 하면서 익명의 모델을 가상의 주인공으로 내세운 이야기라면, 〈셜리에 관한 모든 것〉에는 화가가 전혀 등장하지 않습니다. 오직 그림 속의 인물들만을 가지고 배역을 정했지요.

호퍼의 그림을 보고 있노라면 혼자 있는 경험은 이런 것이구나, 공감하게 됩니다. 다양한 혼자 있음이 호퍼의 그림에서 변주되는데, 기분의 뉘앙스를 조절하는 것은 빛입니다. 호퍼는 새벽부터 황혼에 이르기까지 빛의 변화에 따라 시시각각 달라지는 도시인들의 기분을

에드워드 호퍼, 〈아침 햇살〉, 1952, 오하이오, 콜럼버스미술관

예리하게 표현해냅니다. 새벽에 동틀 무렵에는 막연한 두려움이 엿보이기도 합니다. 무언가 격렬하게 시작해야 하는 순간에 심리적으로 위축되는 느낌이라고 할까요. 〈아침 햇살〉에서는 침대 위에 앉아 타인의 존재를 신경 쓰지 않는 듯 다리를 벌린 느슨한 자세로 창을 활짝 열고 홀로 햇빛을 즐기는 여인이 있습니다. 아침의 빛은 샤워를 하고 난 것처럼 상쾌합니다.

저는 아이디어만 떠올려봤을 뿐, 아직 그림을 소재로 소설이나 시나리오를 쓴 적은 없습니다만, 이미지로 글 쓰려는 분 중에, 문학적 상상이 풍부하고 이미지를 보는 눈이 예민하다면, 꼭 한 번 시도해보세요. 국내에서도 픽션fiction을 가미한 사극으로 김홍도와 신윤복의 이야기를 다룬 〈바람의 화원〉2008과 〈미인도〉2008, 장승업의 생애를 바탕으로 한 〈취화선〉2002, 그리고 신사임당의 예술적 삶을 재조명한 〈사임당 빛의 일기〉2017 등이 제작되어 대중에게 선보인 바 있습니다. 화가의 생애만으로는 이야기를 짜낼 수 있는 범위에 한계가 있겠지만, 화가가 남겨놓은 그림들 하나하나에 초점을 두어 상상의 나래를 펼친다면, 지금까지 나왔던 것과 차별화될 만한 이색적인 영화나 드라마가 가능하지 않을까요.

작품 속에서 주인공 만들어 내기

❶ 시나리오를 쓰려면 우선 주인공이 필요해요. 주인공(protagonist)은 의지를 가진 인간이 좋습니다. 일반적으로 주인공은 내면의 억압으로 인해 갈등하는 자입니다. 꿈을 이루고자 하는 욕망이 크지만, 그 야망을 쟁취하는 과정에서 스스로 모순을 경험하며 여러 사건들을 해결하게 되지요.

❷ 적대자(antagonist)는 주인공의 갈등과 모순을 자극시키며 내용을 심화시키는 존재입니다. 선악의 구도로 치면 나쁜 상대방이지만, 단순한 악인은 아니어야 해요. 주인공의 인생 경쟁자로서 그 역시 자신만의 꿈을 이루고자 발버둥치는 인간적인 면모를 지녀야 합니다.

3

숫자와 데이터를
적절히 제시하기

숫자로 집중력 있게 구사하기

내 개인운동을 도와주는 체육관의 트레이너는 스트레치를 시킬 때 그 세기의 정도를 수치로 물어봅니다. "지금 다리에 느낌이 오세요? 1부터 5까지 중에 5가 최고라면 몇인가요?" 그러면 저는 "3이에요" 하는 식으로 답해요. 물론 너무 힘들 때엔 5라고 엄살을 부릴 때도 있어요. 작년부터 저는 이 방식을 대학원생 논문지도에 활용하고 있습니다. 제자와 말로 하는 의사소통이 조금 어려울 때가 있기 때문이지요.

"지금까지 잘 해 오고 있어. 하지만 너만의 논지가 부족해. 중간부분을 전면 수정해야겠어"라는 피드백을 두 명의 학생에게 해준 적 있었거든요. 똑같은 말을 듣고도 A학생은 지금까지 잘 해 오고 있다는 말에 낙관하여 어이없게도 다음번에 전혀 달라지지 않은 글을 가지고 왔습니다. 반면 B학생은 전면 수정하라는 말에 예민하게 반응하여 눈물을 글썽이더니 얼마동안 잠적해 버렸어요.

말을 긍정적으로만 받아들이는 A에게 "네 글은 읽을 가치도 없으니 쓰레기통에 던져버려"라고 심하게 말해 볼까요? 툭 하면 다 포기해 버리고 싶다는 B에게는 "그 따위 나약해빠진 정신력으로 뭘 할 수 있겠어?"하고 신랄하게 지적하면 개선이 될까요? 당장은 효과가 있을지 모르지만, 강도 높은 말은 한두 번에서 그치지 않고 점점 수위가 높아질 수밖에 없을 겁니다.

폭력적인 말을 하는 스승이 되지 않으려고 나름 대안을 낸 것이 바로 단어 선택이 필요 없는 숫자 피드백이죠. "오늘 네 글의 완성도는 5점 만점에 1점이야. 하지만 중간부분을 수정한다면 얼마든지 3점이 될 수 있겠네." 숫자에는 감정이 담길 일 없고 객관적이고 중립적인 느낌이 들기 때문에 전달력 차원에서는 효력이 있어요. 다만 글이 무미건조해질 우려가 있기 때문에 이목을 집중시키고 싶은 부분에 쓰면 좋습니다. 다음의 예를 볼까요?

결혼을 꼭 해야 한다는 생각은 최근 10년간 점차 감소하고 있다. 2016년 말 통계청 자료에 의하면 청소년세대의 경우 57퍼센트에서 38.8퍼센트로, 부모세대의 경우는 79퍼센트에서 64퍼센트로 감소하였다. 이에 반해 결혼을 해도 좋고 하지 않아도 그만이다는 생각은 점차 증가하여, 청소년세대의 경우는 과반수가 넘는 51.4퍼센트를, 부모세대의 경우도 32.9퍼센트나 된다.

2017년에 '한국인의 변화된 결혼관'에 대한 글을 쓸 때 통계청에서 발표한 수치를 인용한 부분입니다. '결혼에 대한 가치관이 젊은이들 사이에서 바뀌고 있겠지'하고 막연히 생각하는 독자들에게 신세대 뿐 아니라 기성세대조차 '이렇게 달라졌다'하고 숫자로 제시하고 있지요. 이렇듯 글에 대해 객관적인 자세를 취하면서 누구도 반박하기 어려운 단호한 주장을 펼칠 수도 있는데, 그게 바로 숫자의 힘이랍니다.

정보들을 호소력 있게 엮어내는 스토리텔러는 감성을 자극합니다. 그래서 상대방이 본인의 제안을 수용하도록 만들지요. 잘 알려진 일화가 있어요. 찬바람이 부는 뉴욕의 어느 거리에서 시각장애인이 '맹인Blind'이라고 쓴 종이를 들고 서 있습니다. 하지만 아무도 그에게 동전을 던지는 이가 없었어요. 마침 그 앞을 지나가던 사람이 종이 아래에 뭐라고 한 줄 써줍니다. 그러자 행인들이 그걸 읽고는 주머니를 열기 시작했다고 해요. 거기엔 이렇게 씌어 있었다지요. "곧 찬란한 봄이 오겠지만, 저는 볼 수가 없습니다." 그 사람은 바로 프랑스의 시인 앙드레 브르통André Breton, 1896-1966이었어요.

스토리텔러는 현실에 닻을 내리지 못하고 모호한 공상의 세계를

스토리텔러와 넘버크런처

재무학자 애스워드 다모다란(Aswath Damodaran)는 저서 《내러티브 & 넘버스》에서, 사람들은 중학생 무렵부터 서서히 두 부류로 나뉘기 시작한다고 지적합니다. 그 하나는 문학의 소질이 돋보이는 쪽이고 다른 하나는 숫자 분석에 빠른 쪽이지요. 다모다란이 쓴 용어를 빌면 전자는 스토리텔러(storyteller) 부족, 후자는 넘버크런처(number cruncher) 부족인데요. 두 부족 모두 강점과 더불어 약점이 있습니다.

배회하기 쉽다는 약점이 있지요. 반면 숫자는 두 말할 필요 없이 명약관화하지만, 바로 그 장점에 치명적인 위험이 숨어 있습니다. 만일 원하는 결과를 미리 염두에 두고 편향적으로 조사를 실시했다면, 그렇게 도출된 수치는 객관성을 잃게 돼요. 객관성으로 인해 독자에게 강력한 신뢰감을 주지만, 숫자를 결코 맹신할 수 없는 까닭이지요.

《내러티브 & 넘버스》에서 저자는 스토리텔러와 넘버크런처가 각각 강점을 나누고 약점을 보완하기 위해 상대편의 사고방식을 접목시킬 것을 권장하고 있습니다. 인문학에 관심을 가졌던 스티브 잡스도 숫자가 위주가 되는 이공분야에서 스토리텔링을 통한 '관계성'과 '연결'을 강조한 바 있지요. 마찬가지로 스토리가 중심이 되는 영역에서는 체계적인 숫자의 가치체계가 필요합니다.

예술 창작에서도 숫자가 활용된 예를 찾을 수 있는데요. 옆의 위쪽 사진은 숫자를 활용한 옵티컬 레이스의 설치작품입니다. 옵티컬 레이스는 그래픽 디자이너 김형재와 정보시각화 연구자 박재현으로 이루어진 작가 그룹이에요. 이들은 가족이나 주거의 양상을 나타내는 통계 수치를 커다란 인포그래픽으로 설치하여, 방문자들이 거기 적힌 숫자의 의미가 무엇인지 몸소 느껴보도록 작업한답니다.

2016년에 삼성미술관 리움에 설치했던 〈가족계획〉은 결혼을 계획하는 젊은 미혼남녀가 맞게 될 경제적 현실을 말해 주는데요. 이 작업에 앞서 이미 2014년에 옵티컬 레이스는 개인의 빈부 정도에 따른 사회적 위치를 알려주는 인포그래픽을 하나 전시하여 크게 화제가 된 적 있었습니다. 그 작품에서 세로축은 부모님의 재산, 가로축

옵티컬레이스, 〈가족계획〉, 2016, 설치, 출처: 삼성미술관 리움, 《아트스펙트럼 2016》展, 2016

은 자신이 벌은 재산을 뜻하고, 두 축이 만나는 지점이 본인의 자리였지요.

〈가족계획〉에는 여기에 배우자의 벌이까지 추가하여 3차원의 인포그래픽을 선보였어요. 바닥에 놓인 동그라미 안에 M(남)과 F(여)가 적혀있는데 그 옆의 수치들이 바로 자신과 배우자의 월급입니다. 관람자들로 하여금 본인의 상황과 똑같은 동그라미를 찾아 그 위에 서보게끔 유도하는 참여형 작업이에요. 직장이 없는 커플이라면 M0, F0이라는 자신들의 참담한 사회적 위치를 직시하게 되겠지요. 오늘날 젊은 세대 사이에서 결혼이란 애정의 차원에서 선택할 수 있는 문제가 아니라는 것을 숫자들로 냉정하게 말해 주는 설치작품입니다.

질적 연구와 양적 연구

❶ 대학원에서 논문을 쓸 때, 연구를 위한 대표적인 방법으로 질적 연구와 양적 연구가 있습니다. 두 방법을 혼합하는 연구 설계도 있고요. 질적연구는 이론을 근거로 들거나 사례를 분석하여 논지를 펼치는 반면, 양적연구는 설문지나 면접 등을 실시한 후 도출된 결과를 통해 주장을 확고히 합니다.

❷ 숫자 조작이 있을 수 있는 양적 연구의 경우는 모집단의 범위설정이라든가 질문의 문항들이 특정결과를 유도하고 있지는 않은지 검토해야 해요. 질적연구의 경우는 논의가 개연성이 있는지, 논지 전개가 체계적이고 타당한지 특별히 신경 써야 합니다.

숫자로 수식어를 대체해 보기

2019년에 롯데뮤지엄에서 스누피^{Snoopy} 전시가 열렸어요. 미술가들과 패션 디자이너들이 스누피 만화에서 영감을 받아 다양한 작품을 만들었습니다. 스누피가 도대체 어떤 성격의 캐릭터인지 관람자들이 쉽게 파악할 수 있도록 전시가 구성되어 있더군요. 굳이 개별 작품에 대한 설명을 따로 읽어볼 필요가 없었어요. 작품들은 어떤 방식으로든 스누피의 컨셉트로 이어져 있었으니까요. 전시기획자는 스누피가 얼마나 오랜 세월동안 수많은 미국인들의 다정한 친구가 되어 주었는지 간간히 숫자를 써서 보여주었습니다. 수식어보다 숫자가 머리에 더 잘 들어온다는 걸 그때 실감했지요. 제가 쓴 관람 후기를 읽어보시면 짐작할 수 있을 겁니다.

여러분에게는 친구처럼 친근하게 느껴지는 만화 캐릭터가 있나요? 아기 공룡 둘리, 뽀로로, 그리고 최근에는 아기상어 뚜루루뚜루도 인기가 많지요. 어릴 때부터 줄곧 보면서 함께 자랐던 캐릭터를 보면 어른들도 왠지 기분이 즐거워지는 것 같답니다. 나이를 먹지 않는 옛 친구를 만난 것 같으니까요. 미국인들에게는 흰 강아지 스누피가 그런 캐릭터죠.

스누피라는 이름으로 우리에게 잘 알려져 있는 만화의 제목은 〈피너츠 ^{Peanuts}〉인데요. 1950년에 만화가 찰스 슐츠$^{Charles M. Schulz, 1922~2000}$가 신문에 연재하던 4컷 만화입니다. 만화 〈피너츠〉에는 찰리 브라운이라는 평범한 소년과 그의 친구들, 그리고 찰리가 키우는 강아지 스누피가 나와요. 스누피의 특징은 자기 집이 답답하여 늘 지붕 위에 올라가 하늘을 보면서 잠을 잔

(좌) 제이플로우, 〈붐 Boom〉, 2019, 벽에 스프레이 페인트, 470 x 840cm
(우) 노상호, 〈위대한 소책자 2-스누피〉, 2019, 캔버스에 유채, 91 x 116cm
출처: 롯데뮤지엄, 《To the Moon with Snoopy》展 도록, 2019

다는 것이죠. 찰리 브라운은 매번 실패를 거듭하지만 실망하는 일이 없답니다. 왜냐면 스누피가 늘 곁에 있으면서 느긋하면서 엉뚱하게 모든 일을 해결해 주곤 하거든요. 만능 해결사 스누피는 때로는 의사로, 때로는 변호사로, 심지어 전투기 조종사로 변신하기도 하지요.

슐츠는 1950년부터 〈피너츠〉라는 이름으로 미국 전역 7개의 신문에 만화를 연재하기 시작했어요. 〈피너츠〉는 75개국 2,600개 이상의 신문에 소개되었고, 40개가 넘는 언어로 번역되어 세계에서 가장 사랑받는 만화로 자리잡게 되었습니다. 스누피와 찰리 브라운, 루시 반 펠트 등 피너츠의 사랑스런 캐릭터들은 영향력 있는 시사 잡지 《타임 Time》과 《라이프 Life》의 표지를 장식하는 영광을 누리기도 했지요. 1984년에는 〈피너츠〉가 실리는 2,000번째 신문이 발간되면서 가장 여러 신문에 연재된 만화로 기네스북에 등재되었답니다. 〈피너츠〉는 슐츠가 생을 마감하는 2000년까지 연재되었고, 전 세계 각국의 언어로 번역되어 수많은 신문에 실렸어요. TV 만화와 영화용 애니메이션 그리고 게임으로도 제작되었답니다.

왼쪽 이미지는 전시장 벽면에 직접 그린 화려한 색채의 벽화인데요. 거리 미술가 제이플로우Jay Flow가 작업한 것으로, 작가가 상상한 모습의 우주인들과 스누피가 함께 어우러져 재미있게 놀고 있는 장면이에요. 우주복을 입은 익살스러운 우주인들 사이로 달에 방금 착륙한 것 같은 스누피가 걸음을 옮기고 있네요.

실제로 스누피는 달에 착륙한 최초의 캐릭터였어요. 1969년에 미국의 우주선 아폴로11호가 성공적으로 달에 착륙하기 전에, 아폴로10호가 사전준비를 위해 먼저 달로 떠났습니다. 이때 아폴로10호의 조종사들은 그들이 타고 갈 우주선에 이름을 붙였는데, 달착륙선은 스누피이고 사령선은 찰리 브라운이었지요. "여기는 스누피, 찰리 브라운 나와라 오버" 우주조종사들은 이렇게 콜 사인을 주고받았습니다. 우주선 스누피와 찰리 브라운은 만화 속 주인공들처럼 아무리 낯선 달에 덩그러니 가있어도 서로의 존재만 확인하면 외롭지도 않고 무섭지도 않고 안심이었을 거예요.

스누피는 나사NASA 미국항공우주국의 안전 마스코트가 되기도 했답니다. 슐츠는 다음과 같이 말한 적 있어요. "제 인생 최고의 성과는 스누피가 달에 다녀왔다는 사실이죠. 나사의 우주비행사들이 실제로 스누피 모양 배지를 달고 우주 탐사를 떠났으니까요."

오른쪽 이미지는 노상호b.1986 작가의 작품입니다. 노작가는 인터넷에서 스누피와 우주를 함께 검색한 후에, 관련 이미지들과 대화들을 합치고 모아서 그림을 그렸어요. 작품 속 만화 캐릭터들은 세상 곳곳에서 다양한 표정으로 매일을 살아가는 우리 모두의 모습이라고 할 수 있지요.

우리나라에서도 스누피 캐릭터는 모르는 사람이 없을 만큼 유명한데, 이 단순한 강아지가 이렇게 인기 있는 이유는 무엇일까요? 스누피의 귀여운 생김새도 한 몫 하겠지만, 두 가지 이유를 더 들 수 있어요. 그 하나는 스누피가 사람들을 행복하게 해 주기 때문이에요. 슐츠가 말하였듯, 행복은 복잡하고 어려운 철학이 아니라, 그냥 포근한 강아지 같은 느낌이니까요. 또 다른 이유는 스누피는 일상 속에 살고 있지만, 종종 일상을 탈출하여 저 머나먼 우주까지 날아다니기 때문이지요. 자그맣고 사소한 행복과 커다랗고 무한한 우주는 스누피 전시의 핵심이라고 할 수 있습니다.

팩트로 의견 부각시키기

누군가 있는 그대로의 사실을 말했는데, 간혹 듣는 사람이 팩트 폭격을 맞았다고 농담처럼 말하는 경우가 있습니다. 팩트 자체에 메시지가 실려 있기 때문이겠죠. 모두가 암묵적으로 다 알고 있는 정해진 기준이 있다고 합시다. 그런 경우는 팩트만 말해도 미달 또는 초과인지, 승인 또는 거부인지 즉시 알 수 있지요.

예를 들어 키가 120센티미터에 못 미치면 청룡열차를 탈 수 없는 놀이공원이 있습니다. 청룡열차를 타려고 줄 서 있는 어린이에게 안내원이 다가와 "115센티미터"라고 팩트를 말해요. 나가달라는 뜻이지요. 하지만 그 어린이가 학교 신체검사에서 신장이 115센티미터로 나왔다면요? 다른 기준으로 의미를 붙이기 전에는 115센티미터가 전하는 바는 특별히 없답니다.

말과 글 속에는 팩트fact와 의견opinion이 섞여 있습니다. 의견이란 정확히 말하면 누군가의 '편견bias'이라고 할 수 있어요. 어느 한쪽으로 치우침이 있는 견해를 뜻하는 편견은 의견에 비해 왠지 좋지 않은 뜻으로 들립니다. 하지만 생각해 보세요. 세상에 치우침이 없는 의견이 있을 수 있을까요? 아무 편도 옹호하지 않고 정확히 중립적인 위치에 서서 이것도 옳고 저것도 옳다면, 그것이 과연 의견일지 의심스럽겠지요.

잡학다식성 글에서 끝나지 않고 강단이 있는 글을 쓰고 싶다면, 편견을 용기 있게 끝까지 밀고 나가는 자세가 필요합니다. 그러기 위해서는 자신의 편견을 떠받치고 지탱해줄 팩트들을 찾아 단단히 무장하는 것이 우선이겠지요. 맨 몸으로 수많은 논객들 앞에서 편견을 펼치다가는, 단칼에 베이거나 상처투성이가 되기 십상일 테니까요.

우리가 오피니언 리더leader라고 부르는 글쟁이들은 자신의 견해에 신뢰성을 부여하기 위해 팩트를 적절하게 활용할 줄 압니다. 팩트만으로는 혹은 견해만으로는 글에 힘이 실리지 않지만, 팩트와 견해가 짜임새 있게 엮이면 호소력이 대단한 글이 탄생하거든요.

이런 뜻도 있어요

요즘엔 편견이 나쁜 의미가 아니랍니다. K-pop 용어에서 'bias'는 '최애'라는 강한 선호를 의미합니다. 가령 '방탄소년단 멤버 중 RM이 가장 좋아'를 영어로는 'My bias is RM'이라고 하지요.

팩트를 삽입한 글쓰기

예술가들도 종종 팩트를 이어 붙여 작품을 만듭니다. 작품의 재료로 현장성이 있는 사진을 사용하는 경우가 이에 해당돼요. 아래의 글은 2019년에 코리아나미술관에서 열렸던《보안이 강화 되었습니다》라는 전시를 보고 쓴 제 글인데요. "현대인은 평균 9초에 한 번씩 카메라에 포착된다"는 팩트가 기획의 모티프가 되었다고 담당 큐레이터는 말합니다. 그래서 제 글도 그 팩트에서 출발했습니다.

　현대인은 평균 9초에 한 번씩 카메라에 포착된다고 해요. 편의점에 가면 CCTV(폐쇄회로 텔레비전)가 우리를 실시간으로 촬영하고 있고, 길을 건널 때엔 여러 대의 자동차들이 블랙박스에 달린 카메라로 동시에 우리를 찍어대지요. 우리 모두는 크고 작은 화면 속에 출연하는 배우인가 봅니다.
　CCTV는 사람들이 자주 다니지 않는 외딴 곳에 설치되어 어둔 밤에도 잠들지 않고 깨어 행인들을 바라보기 때문에 동네 안전지킴이의 역할을 합니다. 편의점 천장에 달린 CCTV는 직원이나 손님의 행동을 감시하여 도난 사고를 사전에 방지하는 역할을 하지요. 사람들은 보안을 위해 감시를 필요로 해 왔고, 사람의 눈길이 닿지 않는 장소에는 카메라를 달아놓았어요. 첨단 기술의 발달 덕택에 카메라의 보안기능은 점차 강화되었어요. 세상은 더욱 안전해진 것 같은데 이상하게도 사람들은 또다시 불안해지고 맙니다. 왜 그럴까요?

중국의 설치미술가이자 서예가 쉬빙[b.1955]은 2017년에 〈잠자리의 눈〉이라는 81분짜리 영화를 만들었어요. 잠자리의 눈은 자세히 들여다보면 벌집모양으로 촘촘하게 작은 눈들이 꽉 채워져 있는데, 그 숫자가 1만 개가 넘는다고 해요. 1만 개가 넘는 눈으로 보는 세상은 어떤 모습일까요? 위와 아래, 앞과 뒤까지 360도 방향으로 한꺼번에 볼 수 있다는 뜻이겠지요. 쉬빙이 말하는 잠자리의 눈이란 공공장소에 설치된 CCTV를 가리킵니다. 영화 〈잠자리의 눈〉은 오직 무인카메라에 찍힌 영상만으로 이어 붙여 구성한 것이에요. 연출된 장면이 아니라 모두 실제 장면입니다.

다음의 두 이미지 중 상단의 것은 그 영상 속의 한 장면인데, 도로 위 정보

(상) 쉬빙, 〈잠자리의 눈〉의 한 장면, 2017, 싱글채널 비디오
(하) 신정균, 〈스테가노그라피 튜토리얼 Steganography Tutorial〉, 2019, 싱글채널 비디오
출처: 코리아나미술관,《보안이 강화되었습니다》展 도록, 2019

수집 구간에 달린 CCTV에서 가져온 것 같아요. 도로용 카메라에는 자동차를 인식하는 기능이 있어서 지나가는 자동차를 모두 네모로 표시해 놓았어요. 이 네모를 확인하면 자동차의 종류와 번호판을 알 수 있기 때문에 도난 차량이나 범인의 차량을 찾는 데 도움을 받을 수도 있겠네요.

보이지 않는 권력의 눈이 우리를 감시한다는 생각은 조지 오웰[1903-1950]이 1949년에 쓴 소설《1984》에 이미 등장합니다. 오웰은 이 소설에서 개인의 자유를 구속하는 감시체제를 '빅브라더'라는 허구의 인물을 내세워 비유적으로 설명하고 있어요. 빅브라더는 텔레비전 스크린을 통해 사람들의 행동을 일일이 지켜보고 있으며 그들의 생각까지 통제하려 하지요. 이 소설의 영향으로 빅브라더는 감시와 통제에 대한 수많은 논의들을 대표하는 이름이 되었습니다.

하단 이미지에서 신정균은 여행 중에 우연히 찍힌 사진 한 장을 컴퓨터 화면에 띄워 보여주고 있어요. 어딜 지나다 찍혔는지 한눈에 알아보기란 쉽지 않죠. 하지만 요즘의 온라인 길 찾기 서비스를 활용해 본 적 있나요? 세계 각국의 거리 이미지들을 저장해두고 있어서, 금세 사진 속의 거리가 어느 도시의 어느 지점인지 찾아냅니다. 화면의 오른쪽 아래에 작은 지도가 보이는데, 그 지도상에서 사진 속 인물이 있는 위치를 점찍어 알려주고 있어요. 이런 서비스 덕택에 말이 안 통하는 나라에서 여행 중에 길을 잃어버려도 내가 어디에 있는지 쉽게 확인할 수 있게 되었어요. 하지만, 조금은 불쾌하기도 해요. 보이지 않는 눈이 내 위치를 늘 추적하고 있는 셈이니까요. 우리를 안전하게 지켜주기 위해 발명된 기계들이 오히려 우리를 감시하는 데에 쓰이는가 하면, 때로는 사생활을 침해하기도 하는 현실에 대해 말해 주는 전시랍니다.

데이터를 구획, 구별, 비교하기

어린이날 기념 전국 그리기 경연대회의 심사위원 중 한 사람이 된적 있습니다. 예선을 이미 거쳐 1차적으로 걸러낸 어린이 후보들의 그림 100개 중에서 수상자 10명을 선출하여 등수를 매기는 일이었지요. 일단 100개의 그림을 강당 바닥에 전부 펼쳐놓습니다. 그 사이로 심사위원들이 돌아다니면서 그림들을 추려내요.

잘 그린 것부터 골라내느냐고요? 천만에요. 월등히 잘 그린 그림이 있다 해도 고만고만하게 잘 그린 그림들 사이에 파묻혀 있어서 눈에 들어오지 않거든요. 기대에 못 미치는 그림 먼저 가려내는 게 훨씬 빠릅니다. 하나둘씩 치워 나가다 보면, 제법 괜찮은 그림들만 바닥에 남아있게 돼요. 후보가 10개로 좁혀지면 그때부터는 등수를 매기기 시작하지요. 역시 같은 방식으로 10등 장려상부터 지정하다 보면 최종까지 버틴 그림이 최우수작이 됩니다.

글을 쓸 때에도 100개의 그림 중에 10개만 뽑는다는 생각으로 구획을 지어보세요. 저를 포함한 심사위원들이 했던 것처럼, 수상자 리스트에 못 오를 그림을 먼저 골라내어 한 칸에 몰아두고 잘 그린 것들을 남기는 겁니다. 예를 들어 '새롭고 자유로운 상상'을 주제로 해서 적합한 이미지를 고르고 글을 쓴다고 가정해 봅시다. 새롭다는 의미는 얼마나 상대적인가요? 자유로운 상상이라는 단어는 또 얼마나 광범하고요. 구획을 하지 않으면 '새롭고 자유로운 상상'에 대해서 구체적으로 언급하기란 불가능하지 않을까요.

새로움을 언급하기 전에 그 반대의 상태, 즉 새롭지 않음을 먼저 가려내 설명해 보세요. 낡은 것이나 유행에 뒤처진 것이 새로움의 특성을 영 뿜어내지 못하겠지요. 이어서 상상의 자유로움에 대해 쓰기 위해 자유롭지 못한 상상이 어떤 것인지 우선 찾아봐야 합니다. 기성개념에 얽매여 있거나 틀에 박힌 사고에 대해 예를 들어보세요. '○○가 아닌 것'을 규정짓고 제거해나가야 우리가 정말로 원하는 ○○에 가까워질 수 있어요. 새로움을 그 자체로, 자유로운 상상을 그 자체로 묘사하기 어렵다는 뜻이에요. 구획을 통해 자신의 글에 최후까지 운명을 함께 할 정예요원을 선발해야 합니다.

구획을 했으면, 그 다음에는 구별 짓기를 시도해 봅시다. "세상에는 두 종류의 여자가 있습니다. 결혼한 여자와 결혼하지 않은 여자. 결혼한 여자에는 다시 세 종류가 있어요. 남편에게 헌신적인 여자, 자녀에게 헌신적인 여자, 그리고 자신에게 헌신적인 여자…" 이런 식으로 화두를 던지며 자신이 그날 무엇에 대해 본격적으로 이야기하려 하는지 서서히 범위를 좁혀가는 강연자를 본 적 있어요. 밤하늘의 별처럼 제각각 빛나고 깊이와 거리를 헤아릴 수 없이 복잡한 여자라는 존재를 그렇게 단순하게 나누다니, 말도 되지 않지요. 실제로 세상을 그런 식으로 구별 지어 바라보는 사람은 별로 만나고 싶지 않아요. 선입견으로 가득 차 있을 테니까요. 하지만 전달력 있는 말하기나 글쓰기를 위해서는 시도해봄직한 구별방식입니다.

글 쓸 대상을 두 개(혹은 세 개)의 부류로 구별을 지었다면, 그 다음에 해야 할 작업은 무엇일까요? 비교하는 것이죠. A에게서 미처 깨닫지 못하던 특성이 B(혹은 B,C)와의 비교를 계기로 뚜렷하게 드러나게 돼요.

비교할 때 유념해야 할 사항

첫째, 비교 항목들이 서로 공통점을 지니고 있어야 해요. 그래야 논의가 가능한 선상에 대등하게 놓일 수 있습니다. 둘째, 차이점을 비교할 때 대조가 되는 포인트를 분명히 지적해야 합니다. 포인트도 없이 그저 막연히 대비만 시키는 것은 글의 전달력을 악화시키는 결과를 낳게 되지요.

두 이미지를 비교하는 글쓰기

다음은 〈아틀라스의 짐〉이라는 제목으로 한겨레신문에 실렸던 제 글입니다. 저는 여기에서 두 점의 아틀라스 조각상을 대조시켰어요. 짐의 무게란 절대적인 것이 아니라 삶에 대한 개인의 비전에 달려있다는 것을 포인트로 삼았지요.

여럿이 함께 산에 오를 때면 의아한 게 있다. 같은 코스를 걷는 데도 불구하고 배낭의 크기가 저마다 다르다는 것이다. 내 경우엔 갈증을 해소할 이온음료와 당 떨어질 경우를 대비한 에너지 바, 그리고 얇은 바람막이 옷 정도를 배낭에 넣으면 그 정도로 충분하다.

짐 싸기에 관한 나의 철학은 직장 새내기 때로 거슬러 올라간다. 회사행사로 등산을 가는 날이었는데 평소처럼 나는 거의 맨몸으로 집합장소에 나갔다. 그런데 하필 행사를 준비한 팀에서 내 배낭이 텅텅 비어있는 것을 보고는 여럿이 나눠먹을 간식과 여분의 생수들을 일부 떠안겼다. 그날 나는 지독히도 힘에 부치는 산행을 했다. 누군가 인생여정에서도 짐을 줄이며 살라고 하던데, 그 뜻을 어렴풋이 알 것 같았다. 그날 이후 나는 당장 필요한 짐만 챙기는 사람이 되었다.

나와 정반대로 사는 친구 하나는 언제나 집안 살림을 다 옮기는 듯 잔뜩 뭔가를 싸가지고 와서 쩔쩔 매며 산을 오른다. 배낭 안에는 비옷과 우산, 물티슈, 무릎보호대, 커다란 수건, 여분의 양말과 티셔츠, 카메라, 미니 손전등, 접이식 의자, 응급의약품, 그리고 넉넉하게 담은 과일과 간식이 들어있다. 본

(좌) 〈파네세 아틀라스〉, 로마시대, 대리석, 나폴리 국립 고고학박물관
(우) 리 로리Lee Lawrie, 1877~1963, 〈거대한 아틀라스〉, 청동, 뉴욕 록펠러센터

인의 깔끔한 성격 때문에, 혹은 같이 가는 친구들이 영 믿음직스럽지 않아서, 그리고 갑작스레 달라질 수 있는 상황을 미리 고려하느라 늘어난 물품 목록일 것이다.

짐을 싸는 것을 보면 한 사람이 자기 삶의 범위를 어디서부터 어디까지로 정하고 있는지 알 수 있다. 지금 먹고살 것만 일단 궁리하는 사람도 있고, 장기적으로 미래를 준비하느라 늘 노심초사하는 사람도 있다. 짐 싸기는 글쓰기와도 조금은 닮은 것 같다. 광대한 비전을 가지고 주위를 보면 짧은 글을 쓰기가 어렵고, 눈앞에 벌어지는 사건에만 관심이 두면 도무지 긴 글을 쓸 수가 없다.

그리스신화 속에 나오는 아틀라스는 평생토록 무거운 짐을 짊어지고 사는 인물이다. 제우스가 티탄족과 싸움을 벌여 올림포스의 최고신으로 등극하려 할 때 아틀라스는 티탄족 편에 서 있었다. 그 바람에 제우스의 노여움을 사게 되어 온 지구를 등에 얹고 살아야 하는 저주를 받고 말았다. 잠깐의 휴식도 그에게는 허락되지 않았다.

이탈리아 나폴리에 있는 고고학 박물관에 가면 로마시대에 대리석으로 깎아 만든 아틀라스상이 전시되어 있다. 커다란 지구본을 어깨 위로 올려 근육 불거진 팔로 버텨내고 있는 그는 고통으로 표정이 일그러져 있다. 우리 주변에도 노후를 대비하겠다고 수십 개의 적금과 보험에 돈을 붓느라 좋은 시절을 다 바치는 아틀라스들이 많다. 말로는 하루하루 즐겁게 사는 것이 중요하다지만 미래에 대해서는 대책 없이 불안해하는 사람도 짐에서 벗어나지 못하는 아틀라스이긴 마찬가지다.

반면 뉴욕 록펠러센터 앞에 세워진 청동으로 된 아틀라스는 양 팔로 지구를 번쩍 들어 올리고 있다. 마치 전 세계를 들었다 놨다 할 수 있는 엄청난 힘을 보유한 슈퍼맨처럼 보인다. 이 아틀라스에게서 그리스신화 속 저주의 상징성은 보이지 않는다. 오늘날 지도를 대표하는 단어로 자리 잡은 아틀라스는 전체적인 계획을 짠다는 맵핑mapping의 의미로 변해있다. 맵핑이란 모든 상황을 염두에 두어야하기에 묵직한 짐이라야 가능한 것이다.

두 아틀라스를 비교해 보면, 각자가 감당할 수 있는 짐의 무게는 삶의 태도에 달려있다는 것을 알게 된다. 짐이 누군가의 저주 때문이라고 느끼면 한없이 지칠 것이고, 야망의 무게라고 받아들이면 견뎌낼 만하지 않을까.

출처: 이주은, 〈아틀라스의 짐〉, 한겨레신문, 2020년 9월 12일자

이미지로 글쓰기

초판 1쇄 2021년 11월 10일 초판 2쇄 발행 2022년 02월 20일

지은이 이주은
펴낸이 김지은

크리에이티브 디렉터 북베어
경영관리 한정희
마케팅 김도현
디자인 김정연

펴낸곳 자유의 길 등록번호 제2017-000167호
홈페이지 https://www.bookbear.co.kr 이메일 bookbear1@naver.com

ISBN 979-11-90529-12-9 (03800)

* 이 도서는 한국출판문화산업진흥원의 '2021년 우수출판콘텐츠 제작 지원' 선정작입니다.

 자유의 길
Media Contents Group

길은 네트워크입니다. 자유의 길은 예술과 인문교양 분야에서 사람과 사람,
자유로운 마음과 생각, 매체와 매체를 잇는 콘텐츠를 만듭니다.